リディーナ
レイ

南星也
桐生隼人
佐藤優子
白石響
CHARACTERS

俺は朝日に照らされた
リディーナの笑顔を見て
言葉を失った。
目の前に女神にも引けを取らない
美しい女がいる。

ヴィーナスミッション
～元殺し屋で傭兵の中年、勇者の暗殺を依頼され異世界転生！～ 1

AUTHOR MIYABI ILLUSTRATOR ニシカワエイト

CONTENTS

プロローグ

俺の名前は、鈴木隆《すずきたかし》。42歳。独身。

高級ホテルの一室を借り上げて約三ヶ月。寝室のテーブルやベッド脇に大量の本を積み、テレビにはゲーム機を繋《つな》いでいる。ここ最近の俺の趣味だ。

ベッドで横になりながら本を読んでいると、ノック音の後に男が入ってきた。

「鈴木さん、体調どうですか？　というか、また本が増えましたね」

「美香《みか》が大量に持ってくるんだ。まだ読んでないのが一杯あるのにな」

入ってきた男は、資格をはく奪された医師、いわゆる闇医者だ。俺は末期のガンに侵され、余命半年と宣告を受けていた。延命治療を行うつもりはないし、あったとしても普通の病院には掛かれない。この闇医者に少なくない金を払い、非合法に痛み止めの処方を受けている。

「いい子ですよねー、美香ちゃん。でも見た目に反して随分偏った趣味してますね。あんなカワイイのに～」

そう言って、テーブルに積まれた小説を手に取る闇医者。部屋にある大量の小説は、異世界モノやファンタジーが殆《ほとん》どだ。俺が都内で経営しているバーの従業員である高階《たかしな》美香は、クール系美人の見た目に反して、こういったモノが好きなようだ。俺が病気になって、ホテルの一室で療養することになってから、見舞いがてら自分の趣味を押し付けるように持ってくる。長年、店を任せていたが、今まで彼女の趣味を知らなかった。

「手を出したら殺すぞ？」

「やだな～　出しませんよ～　でも、今の鈴木さんにその発言は説得力が無いですよ？」

確かに今の俺に以前の面影は無い。ここ数ヶ月で一気に痩《や》せ細《ほそ》り、体が萎《しぼ》んでしまった。とても人をどうこうできるような身体《からだ》ではない。

「あの子に何かあったら加害者とその関連組織を潰すよう、前にいた会社の連中に依頼してある。俺の使い切れなかった全財産が依頼料だ。喜んでやるだろうな」

前にいた会社というのは、警備会社という名目の民間軍事会社だ。米国にある正規の会社だが、裏では紛争地域での戦闘から暗殺、破壊工作まで非合法な案件も幅広く請け負う会社だった。

「じょ、冗談ですよね？」

「どうせもうすぐ死ぬんだ。金なんて残してても仕方ないだろう？　今まで世話になった子が、俺が死んだ後に何かあったら気分が悪いからな。保険だよ保険」

「こ、怖い人ですね……。他にもそういう対象の人っているんですか？」

「さあな？　いいから早いとこ鎮痛剤を置いていけ」

「毎回思うんですけど、これが毒だったらとか思わないんですか？」

「さっきも言ったろ？　どうせ死ぬんだ。死ぬ前にやっておくべきことは全て済ませてある。毒で死のうが、病気で死のうが変わらん」

「そ、そうですか……」

「あ、万一毒で死んだら、お前は殺されるから気を付けろよ？」

「えっ！」

「冗談だ。別に毒を盛りたきゃ盛ればいい。その代わり俺の死後、死体の処理は頼んだぞ。前に渡した番号に連絡すれば、綺麗《きれい》に始末してくれるはずだ」

「それは間違いなく……」

顔を青褪《あおざ》めさせながら、痛み止めのアンプルを数本と点滴パックを置いて、闇医者は部屋から出て行った。別に医者じゃなくても注射や点滴ぐらい自分でできる。

俺は傭兵《ようへい》だ。若い頃は日本で殺し屋をしていたが、監視カメラやスマートフォン、ＳＮＳの普及などで仕事がやり難《にく》くなり、傭兵として海外に活動の場を移して生きてきた。他に生きる道があったかもしれないが、育った環境では難しかった。生きる為、金銭を得る為に人を殺してきた。

表向きの仕事として、都内で店を出した。酒を提供するバーだ。小さい店だが、何かと裏の仕事にも都合が良かった。年間の殆どを海外で過ごしていたので、店を任せていた子達には申し訳なかったが、それぞれ少なくない金を残している。開業から働いてくれていた美香には、俺の死後、弁護士を通じて店の権利書と金が渡るように手配してある。今まで世話になった礼だ。他に思い残すことは特に無い。

ふと、手元の小説が目に付いた。

「どうせ持ってくるなら完結した本を持ってこいよな……。次巻の発売予定っていつだよ？」


一ヶ月後、俺は死んだ。


暗闇の中で声が聞こえる。

「やっと見つけたわ」

声が聞こえて周囲が明るくなると、俺の前に女が立っていた。

「初めまして、鈴木隆さん。私の名前はアリア。地球とは異なる世界の神です」

「？」

「早速なのですが、鈴木さんに依頼したいことがあります」

目の前にいたのは超絶美貌の美女。煌《きら》めく桃色の髪と瞳、完璧なスタイル。何より神々しいオーラが半端なく、存在感が凄《すさ》まじい。

「依頼？」

「はい♪　鈴木さんは、つい先程お亡くなりになりました。このままですと、鈴木さんの魂が輪廻《りんね》に流されてリセットされちゃいます。その前にスカウト、いや依頼ですね。私の管理する、剣と魔法の世界でお仕事を依頼したくてお声掛けしました」

(剣と魔法の世界？)

「……因《ちな》みに内容は？」

「勇者達三十二名を殺して下さい」

どうやらこの女、邪神みたいだ……。

綺麗な顔してとんでもないこと言い出したな。神が殺しの依頼とか違和感ありまくりだ。しかし、俺は剣と魔法の世界というフレーズが頭から離れなかった。

「……とりあえず、詳細を聞こう」

なぜ俺はこんな返答をしているのだろう？　見ず知らずの人間（？）に殺しの依頼をされて、詳細を聞く？　あり得ん。

しかし、この時、俺は冷静ではなかった。

「話が早くて助かります。今から約半年前に、地球から私の世界に三十二名の『勇者』が召喚されました。勇者達は、異界を渡る際に特殊な能力に目覚めています。その特殊で強力な力を使って半数以上の勇者が暴走し始めました。全員が蛮行に走っているわけではないのですが、一つ懸念がありまして、将来を見越して全員始末して欲しいのです」

(始末……ね)

「その懸念とやらはなんだ？」

「……異世界転移技術です」

さっきまで笑顔で話していた女神の顔が、急に真剣な表情に変わる。

「まず、異世界間の転移についてですが、これは本来、『神』のみが行える秘術です。人間がおいそれと行えることではありません。通常の召喚魔法とは全く違い、使用エネルギーも人間が容易に生み出せるものではありません。しかしながら召喚は行われた。これについては今も調査中ですが、直近の問題として、召喚された勇者達の行動が看過できないものになってきているので、先に手を打っておきたいのです。特殊能力を使って自由に生きることは容認できるのですが、地球への帰還を試み、結果的に異世界転移技術を得てしまうことは阻止したいのです」

「元の世界に帰りたいってのがそんなにダメなのか？　無理矢理連れてこられたんだろ？　そんなに転移技術が知られたくないなら女神さんがとっとと帰してしまえばいいじゃないか」

「元々、今回の召喚は詳細が判明次第、召喚された人達は地球へ送還するつもりでした。しかしながら三十二名と人数が多く、送還にかかる神力、まあ超エネルギーですね、これを確保している間に、私の神託を授けた『聖女』が勇者達の一部に殺されてしまい、その旨は伝えられませんでした。

それに加えて、召喚を首謀した国の王は他国と連絡を絶ってしまい、他の国にいる聖女が私の意図を未《いま》だ伝えられない状況です。まあ、もう地球には帰すわけにはいかないので、聖女には勇者から距離を置くように伝えてありますが」

（ええ……勇者が聖女を殺した？　なんでまた……）

「残念ではありますが、特殊能力でやりたい放題の者達を、他の世界に自由に行き来されるのは神として看過できません。拘束や説得で解決できればいいのですが、私の世界の人間では難しいと判断して、この度、鈴木さんにお願いした次第です」

「神が何とかできないのか？　天罰的な」

「神が地上に介入するには制約があり難しいのです。迂闊《うかつ》に介入すると、国が一つ二つ滅んじゃうので。神も万能というわけではないのです」

「うーん」

「なんとかお願いできないでしょうか？」

「正直、魔法の世界に興味はあるが、そんな特殊能力を持った三十人以上の人間を殺せる自信は無いな。俺より適任な人間は他にいるだろ？」

俺より強い人間はいくらでもいる。武術の達人や特殊な訓練を受けた軍人など、地球には俺より優れた人間はいくらでもいるし、思い当たる人間もいる。

「まず、鈴木さんを選ばせて頂いた前提として、異界を越える強靭《きょうじん》な魂を持っていること。これは肉体的、精神的強さに比例しません。それに異世界への順応性です。文化や風習、特に特定の神への信仰がある者は条件に合致しません。地球において条件に合致する国、民族として日本人が候補でした。加えて経歴や人格を考慮して、実行できそうな人をようやく見つけたのが鈴木さんです。タイミング良くお亡くなりになってラッキーでした。あ、今、鈴木さんが考えてる人物は、当面死なないみたいなんで、間に合いません」

（ラッキー？　しかし、あの師匠《ジジイ》まだ死なねーのか、化け物だな。それよりも……）

「心が読めるのか？」

「今の鈴木さんは魂の状態なので全部駄々《だだ》洩《も》れですよ？」

「そういうのは最初に言ってくれ」

「申し訳ありません。それと、鈴木さんにはこちらの肉体を用意したので、依頼の実行に関しては心配無用です！」

そう言って、女神が手をかざすと一人の少年が床から浮き上がってきた。整った容姿と肉体、西洋風の顔立ちの金髪の美少年だ。

（若いな。それより問題は……）

「私が丹精込めて創った、最っ高の身体です！　肉体性能は勿論《もちろん》、魔法適性も最高峰！　各種耐性もバッチリです。顔も完璧！　本来、側付《そばつ》きの天使にと創った素体ですが、今回特別に提供します！　最高最強です！」

「他に無いのか？　もっと地味な感じの」

「えっ？　何が不満なんですか？　これ以上ない完璧な顔と身体ですよ？」

「だからだよ。これから三十人以上殺そうってのに目立ってどうすんだよ」

「そんな……でも、用意できる身体はこれだけです。変更はできません。それに遺憾ながら、鈴木さんの魂が入れば、その影響で顔と肉体に若干変化があるはずです。ホント遺憾ながら……というか、鈴木さんがそれ言います？　過去の記憶を見ましたが、鈍感野郎ですよね」

(最初の荘厳な雰囲気から随分キャラが変わってきたなこの女神……鈍感野郎？　よく言うぜ。それで苦労したから地味な顔で頼んでんだよっ！　普通がいいんだ、フツーがっ！　どんな過去を見たか知らんが、見たんなら知ってんだろ！　嫌なんだよ、目立つのはっ！)

俺は暫《しば》し考える。

(うーん。断ったとしても、失うものは何もない……のか。自称女神の話を信じるなら、断っても輪廻の輪ってヤツに還《かえ》って、このまま消えるだけだしな。これが夢だったとしても、どの道病気で死ぬし、騙《だま》されたと思ってやってみるかな。魔法、使ってみたいし。だが、これだけは確認しないとな、プロとして)

「報酬は？」

「え？　報酬ですか？　新しい完璧な身体と異世界への転生、新しい人生！　じゃ、だめですか？

一応、勇者達の暗殺が終われば、他の世界へ転移しようとしない限り、世界征服しようが、何しようが自由にして頂いていいのですが……」

（世界征服とか厨二かよ……）

「まあいいか。分かった、依頼を受けよう。どうせ失敗してもまた死ぬだけだしな。標的と異世界の情報をくれ」

「ありがとうございますっ！　って、失敗しないで下さい！　勇者の情報と、私の世界の情報に関しては、既に新しい肉体にインプットしてあります。鈴木さんが地上に下りた際には、記憶として参照できると思いますし、魔法もすぐに使えるはずです。それと、勇者達のいる国にはもういないのですが、他の国に二人の『聖女』がおりますので、何かお困りのことがあればコンタクトを取って下さい。私の神託を受け取れる人間ですので、協力するよう伝えておきます」

「了解した。それと名前に関してだが、流石《さすが》にこの顔で鈴木は違和感があるから、聖女には『レイ』という名前で伝えておいてくれ」

傭兵時代のコールサインを端折《はしょ》っただけだが、別にいいだろう。顔と名前のギャップで目立ちたくないからな。金髪碧眼《へきがん》の顔で「鈴木です」なんて名乗ったら、日本人だと一発でバレる。

「分かりました。では次からレイさんとお呼びしますね♪　では、宜《よろ》しくお願いします！　いってらっしゃい！」

「は？　あ、いや、ちょっと待っ――」

他にも聞きたいことが山程あったが、一瞬で光に包まれ、女神の声は聞こえなくなった。

第一章　異世界転生

【転生】

鈴木改めレイと名乗ることにした俺は、気づけば木々に囲まれた森にいた。

「くそっ！　やっぱり裸かよ……」

女神にはまだ聞きたいことがあったが、一瞬で異世界に下ろされてしまった。まさかとは思ったが、全裸に手ぶらだ。まずは服探しからとは先が思いやられる。

とりあえず、服のことは後で考えるとして、まずは新しい肉体と、女神がインプットしたと言っていた情報の確認をしよう。

肉体年齢は十代半ばぐらい。両手を見つめて拳を握り開き、新しい肉体の感触を確かめる。当然だが、以前と大分違う。体が軽く、力もかなりある。女神が自信をもって言うだけはある……のか？

確かに自分の全盛期の身体《からだ》に比べて力は強そうだが、女神が最強と言っていた割にはそれ程際立った肉体とは思えない。それと、後で気づいたが髪と目の色が黒髪灰眼に変わっていた。しかし、ついさっき死ぬまで、病気でかなり体が弱っていたから健康な身体に感動は覚える。ただ、若干のズレのようなものを感じる。不具合があるというわけではないが、馴染《なじ》んでいないというような妙な感覚だ。

「まあ、その内慣れるか」

ふと、身体の中に前世では感じられなかった感覚に気づく。ひょっとしてこれが『魔力』だろうか？　目を瞑《つぶ》り集中して意識を向けると、胸の中心、心臓辺りから湧き上がる未知の力を感じる。女神の情報を思い出すように記憶から探り、これが『魔力』というものだと理解できた。

全身に巡らせるように意識して魔力を流してみる。内なる力が思うようにコントロールできるのは不思議な感覚だ。前世で『気功』というものを体験したことがあったが、似たようなものだろうか。

「女神の情報によるとこれが『身体強化』か？」

頭の中にある情報を見て、魔力による『身体強化』というヤツを試してみる。体内に魔力を循環させ、肉体の強度と運動能力を向上させる強化魔法だ。巡らせた魔力を拳に集中させ、近くの木を殴ってみると、直径三十センチ程の木があっさり折れた。

「おいおいマジか。威力ヤバいな。これは加減を練習しないとな」

しばらく腕や足に魔力を流し、色々試してみる。中々おもしろい。目を強化すれば視力が、耳を意識すると聴力も強化される。流す魔力の量とイメージで効果の度合いも変わるみたいだ。

続いて『魔法』の発現に挑戦してみる。女神の情報によると、『魔法』とは発現させたい事象を、『魔力』というエネルギーを糧に具現化することにあるらしい。この世界の一般的な魔法使いや魔術師といわれる者達は、呪文の詠唱により、イメージと魔力量を定量化して現象の発現を安定化させているようだ。他にも魔法陣や魔導具と呼ばれる魔法の道具を用いて、発動を簡略化したり消費魔力を節約するなど、他にも様々な発動方法があるみたいだ。

しかし、女神の情報に呪文や魔法陣の情報は無い。

「……」

肝心な部分が無い。

「どうやって魔法を使うんだ？」

ダメ元で、身体強化のように、魔力を手に集めて『火』をイメージしてみる。

……何も起こらない。

もう少し『火』のイメージを具体的にしてみる。ライターの火を強くイメージして再度挑戦する。

指先程の火がライターのように灯《とも》った。

意外と簡単にできた。インプットされた女神の情報のおかげか、新しい肉体のおかげか、或《ある》いはその両方だろう。簡単に魔法が使えて嬉《うれ》しい半面、戦闘ではもう少し訓練しなければとも思う。人を殺傷し得る威力をイメージするのは簡単だが、それを思い描いてイメージを固定化するのに集中する時間が結構いる。それに、いざ実践するとなると、周りに被害が出ないように、場所や状況を考慮する必要がある。まだこの辺りの地理も把握してないし、火事でも起こしたら大事《おおごと》だ。

しかし、今ので魔法には呪文の詠唱は必要無いことが分かった。肝心なのは明確なイメージと魔力コントロール。体内の魔力をイメージどおりに変換する。呪文の詠唱はそのプロセスをルーティーン化して発動を安定させているに過ぎない、と思われる。なんにせよ、戦闘中に魔法を使用するなら、まだまだ練習が必要だ。息を吸うように魔法を扱えなければ戦闘で使うのは難しい。女神の知識には無いが、詠唱を覚えるのもいいかもしれない。

ただ、詠唱を知ったとしても人前で発声するのは勇気がいる。大の大人が「ファイヤーボール！」とか叫べるか？　いや、恥ずかしくて叫べない。

女神の知識にある、魔法における火・水・風・土・光・闇の六属性魔法は土と闇属性以外は普通にできた。何故《なぜ》か土属性だけ上手《うま》くいかない。土の壁を生み出そうとしても、土の組成ってなんだ？となる。漠然と土の壁をイメージするとしても、土の成分や組成が気になって、単なる「土」としてイメージが固まらないのだ。

頭の中で元素周期表が散らかる。

試しに『鉄』をイメージし、鉄の塊を生み出すと、生み出せることは生み出せるが、他の属性より魔力がごっそりもっていかれる。まだまだ魔力に余裕はあるが、これではコスパが悪い。

この世界の土魔法は皆どうやってるのか非常に気になる。

因《ちな》みに闇属性魔法は、主に生き物への状態異常を引き起こす魔法らしいので今は試せない。

他にも色々な魔法があるみたいだが、今はまず、街を探そう。いつまでも森に素っ裸《すっぱだか》でいるわけにはいかない。

ここがどこかも分からないので、頭の中の地図を探る。

グー○ルマップの航空写真のような地図が出てきたが、まず現在地が分からない。

目隠しされて飛行機に乗せられ、連れてこられた森の中で目隠しを取り、渡されたのは世界地図。

そんな感じだ。

「くそっ！」

【街へ】

女神がインプットしたという情報は、所謂《いわゆる》、神の目線というヤツだ。その割に情報の欠落が多い。地図からして航空写真まんまだ。ファンタジー感が全くないのはまあいいとして、現在地も分からないし、標的の勇者がいる国もどこだか分からないのだ。

脳内の地図を拡大すると、自然の風景が多く、地球のような人工物は殆《ほとん》ど無い。思いっきり引きで見ると、この惑星には大陸が二つしかないことが分かる。細く繋《つな》がっている部分はあるが、ほぼ二つで間違いない。俺がいる現在地は、この二つの大陸の内どちらかだろうが、周りの地形と照らし合わせて探しても、何日かかるか分かったもんじゃない。この世界の地図を手に入れ、脳内の地図と照らし合わせるまで、しばらくこの地図は使えそうもなかった。

因みに勇者達の情報は、顔と名前、召喚された国の名前しか分からない。やる気あるんだろうか？

魔法についての知識も、説明が真理に近い……気がする。この世界の人は、詠唱して魔法を使うけど、ぶっちゃけいらないよ、って感じだ。鵜呑《うの》みにして詠唱せずに魔法を使えば騒ぎになりそうだ。当然ながら、詠唱に必要な呪文の文言などは知識に無い。

知らずに非常識な行動を取ってしまうことは絶対に避けたい。当分、人前では魔法を使うのはやめておこう。


魔力は誰でも生まれながらに持ってるそうだが、保有する魔力量は人それぞれ異なり、体の成長期は魔法を使って消費した魔力の回復の際に総量が増えるらしい。筋トレみたいだが、ここの人達は皆知ってる常識なのだろうか？　この身体の年齢は分からないが、まだ十代半ばだろう。身体がまだまだ成長しているのであれば、魔力の総量を増やす訓練もした方がいいかもしれない。

ともあれ、まずは現在位置……は、分からんから、とりあえず街を探す。そして、服！　街に行く前に服だ。


「途中で野盗に襲われてる馬車とか出会わないかな……」

あてもなく歩いていて、ふと不謹慎なことを口走ってしまった。死ぬ前に読んだラノベ定番のイベントが頭に浮かぶ。

だがこれは現実。誰かが襲われてるような気配は一切ない。しかも、仮にそういったテンプレなイベントがあったとしても、素っ裸なので変態扱いされて終わる未来しか見えない。

頭の中の魔法の知識を探りながら、適当に森の中を歩いていく。

「水も火も魔法で生み出せるとして後は食料が問題だな」

森の木々や植物を見ると、当然だが地球の植物とは違う。傭兵《ようへい》として世界中を回ったが、見知った植物は見かけない。地球とは生態系が明らかに異なる。この世界にある魔素の影響だろうか？

知識にあった『鑑定魔法』を見る。

——『人や物を鑑定することができる魔法』——

「……」

属性魔法はまだ分かりやすかった。魔力を火や水に変換するのはイメージがしやすかった。しかしこの「鑑定」というのは、どうイメージしたらいいのだろうか？　試しに目に魔力を集中させて、目の前の花を見てみるが、何も分からない。

これはこの世界の情報を調べるしかない。女神の知識には、植物や動物の画像と名前一覧みたいのはあるが、詳細は見事に無い。ホント使えん。

この世界には動物や昆虫以外にも、魔素の影響を受けた『魔物』、『魔獣』が存在する。大きさや強さはピンキリみたいだが、『魔の森』と呼ばれる魔素の濃い森の奥には、強力な魔物や魔獣が多く生息しているらしく、人間の生息域が広がらない要因になっているらしい。

今のところ動物には遭遇してないが、丸腰なのでなるべく会いたくない。いざとなったら身体強化を施して走って逃げるしかないからな。

記憶の中に『探知魔法』というものがあったが、これも見事に抽象的だ。

――『周囲の動体反応を探知する魔法』――

……まるで参考にならない。仕方ないので、地球のレーダーやソナーを思い浮かべ、魔力を薄く周囲に放出し、跳ね返った感触を感じてみる。

「少し違うな。放出するというより広げる感じか？」

魔力を広げるのにかなりの魔力を使う。もっと薄く、極薄に伸ばしてみる。膨大な情報に頭が混乱するが、レーダーのように断続的に繰り返すことで動くものを限定して捉えることができるようになった。

探知で動くものを複数捕らえたが、大きさから小動物といったところだろう。襲ってくる気配も無く、食べられるかも分からないので、とりあえず放置だ。

「まだ探知範囲は三十メートル程が限界だな。これも訓練次第で伸びしろがありそうだ。魔力をもっと薄くするように今後は訓練してみるか」

◆

魔法を色々試している内に、森が切れ、街道が見えた。ほっと一安心。道を辿《たど》れば何とか人里には行けそうだ。服の問題は解決してないが。

街道に沿って森の中を歩いていく。流石《さすが》に素っ裸なので、人を見かけても声は掛けられない。街に行く前に服を手に入れたいが、このままだと最悪、盗むか襲うしかない。転生していきなり窃盗、強盗とか……。まあ全ては女神の所為《せい》だ。

誰にも出会うこと無く、素っ裸のまま無情にも街が見えてきた。

城壁に囲まれた街だ。城門前に衛兵が立っているのが見える。衛兵の身長から城壁の高さは三メートル程と思われる。流石に大人の身長は地球と大差ないだろう。剣と魔法の世界と聞いて中世ヨーロッパを想像していたが、衛兵の見た目は、まさにそんな感じだ。簡素な鎧《よろい》を纏《まと》って、腰に剣、手には槍《やり》を装備している。城壁の上で見張りに立っている衛兵は弓を持って警戒している。銃や大砲は見えない。

（城壁で街を囲っているということは、外敵の存在があるってことか。対立している国があるか、魔物に備えたものだろうか？）

　木陰に隠れながら、この後どうするか考える。まだ日は高く、日没まではまだまだ時間がある。壁の高さと表面を見る限り、クライミングで乗り越えることは難しくない。だが、なんせ裸だ。どこの世界だろうと裸で街をうろつけば、捕まるのは必至だろう。

　ここまでの道中で、役に立ちそうな魔法がいくつか知識にあった。その中に『認識阻害』、『幻術』、『隠蔽』などがあったが、女神の知識の説明には効果のみで、使い方や詳細は載っていない。ホント役に立たたん。

　前世の知識の中で試したいことの一つを練習する。所謂『光学迷彩』というヤツだ。アニメや漫画の中で空想技術としてお馴染みだが、実は既に実現はされている。といっても実戦使用に耐えるものはまだだが、モノとしては成功している。様々なアプローチから実用化を目指している技術ではあるが、魔法を用いて実現するとなると、光を回折させて透明化させる方式を試そうと思う。

　人間の視覚は、光が物体にぶつかり、反射したものを色や形として認識している。光か闇の属性魔法で光を吸収するか、光を反射せずに体の反対側へ通すよう透過させて、自分の身体を認識できないようにする。

　闇属性で光を吸収しようとしたが、よく考えるとただ真っ黒になるだけだなと思い、これはやめて光を回折させる方向でいこうと思い試してみる。全身を魔力で生成した膜で覆い、膜には光を屈折して後方に通すイメージを付与する。

手を見ると、空間が歪《ゆが》んで手の向こうの風景が見える。成功だろうか？

『幻術』や『隠蔽』は他人に確認してもらわないと成功しているかどうかの判断ができない。いずれ協力者を作って『認識阻害』などは早期に習得したいが、まだ先の話だろう。

魔力消費がそれなりにあるので、夜まで待ってから行くことにする。出会う人間は少ない方がいい。もしバレたら走って逃げよう。

◆

夜になるまで森の木陰で息を潜め、街に潜入後の予定を詰めておく。

まずは服。服屋を探して衣服を拝借する。異世界に来ていきなり窃盗とか情けなくなるが、全て女神の所為だ。

次に金。やはり先立つものが無ければ何もできない。

それと言葉だ。一応、この世界の言語は全て頭にある。この世界は大陸共通語と言われる共通の言語と、亜人など他種族の扱う独自言語があるが、全て話せるし、字も書ける。これには女神に感謝だ。ただ、発音やイントネーションはどうか分からない。言語が同じでも、地域によっては発音やイントネーションが違うかもしれない。東京の人間が大阪に行けば、会話で関西の人間じゃないのがすぐバレる。それでも日本なら問題にならないが、この世界ではどうなるか分からない。外国人だとバレた時の現地の反応は未知数だ。

衣服や金を手に入れたら後は身分、職業だ。と言っても、俺はこの国の人間でもないし、何かしらの経歴があるわけではないので、就くことのできる職業は限られるだろう。どこかの店に頼み込めば働かせてもらえるかもしれないが、いずれ勇者のいる国や街まで行かなくてはならないので、なるべく身軽に行動できる立場でいたい。

一人二人を殺すだけならともかく、三十人以上を殺すには流石に時間と足りないモノが多過ぎる。必要な情報と物資を集める為にも、この世界である程度の生活基盤は構築する必要がある。

女神の情報に職業や身分についての知識が意外にもあった。その情報から選ぶなら『冒険者』一択になってしまった。ファンタジーものでお馴染みの職業だ。本当は商人あたりが良かったが、商人になるにはある程度の資金と信用、この世界の流通や商品知識が必須なので断念した。

『冒険者』は、身分のない孤児から貴族まで、犯罪者以外は誰でも簡単になれる職業らしい。ある程度、冒険者としての実績を積めば、国外への移動も自由にできるみたいだ。国を自由に移動できるのは商人でも難しいらしいので、勇者達がこの国だけにいるとは限らないと考えると冒険者で実績を積む方がいいだろう。

脳内にあった冒険者の知識はそれぐらいで、あとは実際に現地で聞くしかない。

◆

魔法の練習をしたり、女神の知識を参照したりしていたらあっという間に夜になった。城門は日暮れに閉まり、城壁の上には衛兵が監視するように立っている。

月の位置を見て深夜までの時を見計らい、光学迷彩を施す。見えていないと信じて城壁に向かって歩いていく。一応の確認の為に、あえて監視する衛兵に近づいてみるが、こちらに気づいている様子はない。

衛兵に気づかれないまま城壁に到達。壁の表面は均一ではなく凹凸が多い。前世で仕事に役立つと思い、ボルダリング技術は習得しているので、これくらいは楽に登れる。

城壁の上から街を見渡す。街並みはやはり中世ヨーロッパ風。灯も少なく、建物の裏路地などは真っ暗だ。街灯は大通りに面した道に僅かにある程度。電球でも松明《たいまつ》でもない。魔導具というヤツだろうか？

元から夜目は利く方だったが、この体になって更に見えるようになっているので、暗がりは特に問題無い。

殆どの建物は閉まっているようだが、人の喧騒《けんそう》が聞こえる場所もある。酒場だろうか？　人通りは殆ど無いが、たまに見かける人間は皆、西洋人風の顔立ちで東洋人らしき人種は見かけない。

人通りも少ないので、壁を降り大通りに向かって服屋を探す。幸いにも店の入口にはその店を表す看板が掲げられているので、すぐに目当ての店を見つけることができた。

ガラス窓があったのは意外だったが、中を覗《のぞ》くと古着屋のようだ。丁度いい。建物の裏に回り、中に入れそうな出入口を探す。さすがに表のガラスやドアを壊して入るわけにはいかない。店の裏に地味な扉があったので、そっと扉に近づき中の気配を探る。人の気配がしないことを確認し、身体強化した腕力でドアを無理矢理開ける。こういう脳筋な手法はあまり好きじゃないが、道具も何も無いので仕方ない。

店内に入り、同じような服が多いジャンルの服を選んで手に取っていく。地味な色合いのシャツにズボン、ベルト、フード付き外套《がいとう》、ブーツ。一式着込むとようやく人間らしくなった。稼ぎができたらこの店で買い物をしようと決めて、裏口から店を出る。

最初は中世ヨーロッパと思っていたが、街灯やガラス窓など近世ぐらいの文明はあるみたいだ。店を出た後、冒険者ギルドの場所を確認するついでに街の構造を把握しておこうと暫《しば》し散策することにする。

暫く歩くと、路地の片隅にたむろしていた男二人に視線を向けられた。光学迷彩は店を出た後に解除している。現地の人間から違和感を持たれる格好なのだろうか？　そう思いつつ、気づかぬふりをして二人の前を通り過ぎると声を掛けられた。

「よぉ、にいちゃん、こんな夜更けに何してんだい？」

一見してザ・ゴロツキといった風貌の男二人。二人はニヤニヤしてこちらを舐《な》めるように見ている。二人共身長は俺より十センチ以上高く、体つきは中肉中背。無精ひげに髪もボサボサだ。それにアルコールの臭いがする。腰に大振りの短剣を下げているのが目につく。

無視して歩くが、再び話し掛けられる。

「無視は良くないなぁ～　なあ、お前もそう思うだろ？」

「そうだぜ～　無視は良くねぇ。とりあえず有り金出しな」

そう言って、二人のゴロツキが近づいてきた。

ストレートな物言いに、ため息が出る。金を奪いたいならさっさと襲って漁《あさ》ればいいものを、態々《わざわざ》声を掛けるなんてとても親切な奴らだ。地球で治安の悪い地域なら、声なんか掛けずに先に殺して死体から金品を奪っていく。案外、治安はいいかもしれない。

わざと路地に入り、周りに目配りして他に人がいないか確認する。

「誰もいやしねぇよ？」

俺は瞬時に振り向き、二人の顎を掌底《しょうてい》で打ち抜いた。

ほぼ同時に白目を剝《む》いて膝から崩れ落ちる二人の男。

「……そりゃ良かった」

男達の懐から小銭を拝借し、その場を離れる。武器は取らない。どんな犯罪に使われたか分からない武器を所持するのはリスクが大きいからだ。男達を始末しようか迷ったが、フードを被《かぶ》っているので顔は見られてないし、かなり酔っているみたいなのでそのまま放置した。拝借した小銭は銀と銅の貨幣が数枚ずつ。

この世界の貨幣は白金貨・金貨・銀貨・大銅貨・銅貨の順で価値が異なり、それぞれの価値は、白金貨一枚＝金貨十枚＝銀貨百枚＝大銅貨千枚＝銅貨一万枚だ。貨幣の構造は分かるが、この世界の物価が分からないので、それぞれどれぐらいの価値があるかはまだ分からない。

（そう言えば古着屋で値札は見なかったな）

また絡まれたら面倒なので、光学迷彩を発動して一旦街を出る。宿を見かけたが、この時間に受付してくれるか怪しかったので今日は外で野宿することにした。

（まったく、転生初日から不法入国と不法侵入、窃盗、強盗傷害か……まあ、全ては女神が悪い）

翌朝、魔法で出した水を飲み、コップが欲しいなと思いながら、昨夜と同じように光学迷彩を施し、衛兵を横目に城門を抜ける。昼間でも姿を十分消すことができているようだ。そのまま裏路地で周囲を確認しながら魔法を解除し、昨夜場所を調べた冒険者ギルドへ向かう。

◆

冒険者ギルドの建物の前に来た。

建物の看板には、竜の体に剣と弓、杖《つえ》が交差したマークがあり、その下に『冒険者ギルド　ロメル支部』と書かれている。

（ロメル支部？　この街の名前か？）

「この辺りですと、皆さん隣にある酒場の二階の宿か、ギルドを出てすぐのところにある『くつろぎ亭』に泊まられますね。酒場の二階の宿は大部屋の雑魚寝《ざこね》で、素泊まり一泊で大銅貨一枚。『くつろぎ亭』は個室の一泊二食付きで銀貨一枚ですよ」

「ありがとう。参考にする」

宿の場所を聞いた後、受付の女性に礼を言い、木片を首に掛けてシャツの中に仕舞《しま》いギルドを出る。ホールにいる他の冒険者達は掲示板を見たり、仲間と談笑したりしていたが、何人かはこちらを観察するように視線を送る者もいた。

(絡まれるようなテンプレイベントが無くて何よりだ)

◆

ポケットの中の小銭を見て、個室の宿『くつろぎ亭』に向かう。

(一泊銀貨一枚か。日本円で一万円ぐらいか？　手持ちの小銭なら三日はいけるな)

それらしい建物と『くつろぎ亭』の文字が入った看板を見つけて中に入る。

「宿泊したい。空き部屋はあるだろうか？」

受付の中年女性に声を掛ける。

「あいよ。一泊二食、朝食と夕食が付いて銀貨一枚だよ」

「とりあえず三泊で頼む」

「三泊ね。銀貨三枚だよ。部屋は二階の二〇四号室。これが鍵ね。退室は四日目の朝に受付に来て鍵を返しなね。不在だった場合、部屋の荷物はこっちで処分するからね」

「分かった。朝食は今から頼めるか？」

「ああ、まだ大丈夫だよ。食堂で食べていきな。水は裏に井戸があるから自由に使いなね」

鍵を受け取り、食堂に向かう。ゴツイ中年男性が厨房《ちゅうぼう》で洗い物をしている。給仕の人間はいないようなので、厨房にいる男に声を掛ける。

「今日から三日間世話になる。まだ朝食が食えると聞いたんだが」

「ん？　客か？　今用意するからちょっと待ってろ」

トレイにパンとスープが置かれ渡される。近くのテーブル席で食べてみると、スープは塩ベースの野菜スープで肉が申し訳程度に入っている。一体何の肉だろうか？　パンは硬く、スープに浸しながらでないと食べられない。日本の食事情に慣れた者にはキツイだろうが、紛争地域の食事なんかはこれと似たようなものだ。だが、この身体が成長期の肉体なら、このような食事だけで日々過ごすのは、あまり好ましくない。栄養バランスの良い食事に関しても今後考えなくてはならないだろう。

食事を終え、二階の部屋に向かう。まあまあ普通の部屋だ。風呂やトイレは無く、ベッドと机、椅子があるだけだ。トイレは井戸の側《そば》に小屋があり、男女共用のようだ。

（トイレが井戸の側とかマジかよ。さっきのスープ、井戸水で作ったんじゃないだろうな？）

井戸の側にトイレを作るなど衛生的にあり得ないと思ったが、トイレに入って驚いた。トイレはいわゆるぼっとん便所だが、底にスライムがいた。アメーバのような粘性のある動く生き物が排泄《はいせつ》物《ぶつ》を食べている。排泄物の処理がこの空間内で完結しているので、周囲の土壌に汚水が流出しない仕組みになっていた。側の井戸水に影響はないだろう。まさにファンタジーだ。

風呂は無く、井戸に置いてあった桶《おけ》に水を汲《く》んで、濡《ぬ》らした布で身体を拭くスタイルだ。宿の受付に聞いたら風呂のある宿はかなり高いらしいが、あるにはあるそうだ。日本人としては湯舟に浸《つ》かりたい思いはあるので、頑張って稼ごうと思う。

勇者殺しの仕事が終わったら、女神には追加報酬として金を請求してやろう。

【武器屋と雑貨屋】

『くつろぎ亭』で朝食を摂《と》り、明日の初期講習まで時間があるので街に出た。目的は、武器と生活用品の調達だ。女神は『剣と魔法の世界』と言っていたので、銃は存在しないと思われ期待はしてない。

俺は古流武術を学び、その中で剣術や短刀術、体術を修めた。傭兵になってからは米国で軍事訓練を受け、銃器の扱いやサバイバル技術を習得している。

若い時はボクシングや総合格闘などを街のジムで習ってみたが、人を殺傷するには効率が悪く、同じ体重の人間を想定した競技では、殺しには向かなかった。古流武術に出会ったのは偶然だったが、師事した老人がたまたま化物級の達人だったので、病気が発覚するまでは、定期的に道場で稽《けい》古《こ》をつけてもらっていた。

師との稽古は真剣を用いた常軌を逸したものだったので、一応剣は扱える。この世界に日本刀は無いと思うが、応用はできるだろう。魔法の練習はするつもりだが、やはり近接戦用に剣か短剣を手に入れたい。

◆

店頭の看板から武器屋と思われる店に入る。まさにファンタジーの武器屋といった様子の店内に、心なしかわくわくしてしまった。米国の銃器店もそうだが、武器満載の光景はいくつになっても男心をくすぐる。

店内には両刃の西洋剣、大剣や片手剣、槍や弓などが所狭しと並んでいた。が、やはり日本刀は無い。できれば曲刀タイプの西洋刀などがあればいいのだが、残念ながら直刀の剣しか置いてないようだ。

「何かお探しかい？」

カウンターから店員の若い青年が声を掛けてきた。

「曲刀の剣があれば見たい。それと短剣《ナイフ》」

「曲刀？　悪いけどそういうのは置いてないね」

「なら普通の長剣《ロングソード》。刃の長さは七十センチ程で硬さよりも粘りのあるものがいい」

「ちょっと何を言ってるのかよく分からないけど……予算はどれくらい？」

ポケットから銀貨と銅貨数枚を出す。全財産だ。

「お兄さん、それじゃ剣は買えないよ？」

店員の青年は、呆《あき》れた顔で言う。

「最低いくら必要だ？　すまんが、物価が分からないんでね」

「外国の人？　他とあんまり変わらないと思うけど……まあいいや」

訝《いぶか》し気《げ》な顔をしながら、青年は入口を指差した。

「あの樽《たる》に入った中古品ならどれでも銀貨五枚。あれが最安。ただし、返品や苦情は受け付けないよ？　短剣なら銀貨一枚からだね」

「じゃあ、短剣を見せてくれ」

樽にある剣はどれも使い物にならないとすぐに分かった。刃こぼれが酷《ひど》く、亀裂が入っているのもある。それしか買えないからといって、いつ壊れてもおかしくないものを命のやり取りで使う気にはなれない。

「その予算じゃこれくらいかな～」

そう言って、青年は数本の短剣を出してきた。ナイフは日常生活で使おうと思っていたから小ぶりでいいと思っていたが、剣が買えないとなると戦闘にも使える大型のものが欲しい。地球で狩猟用のナイフなら刃の長さが最低でも二十センチは必要だ。それ以下だと獣の心臓まで刃が届かない。人間と比べて圧倒的な力、鋭い爪と牙を持つ獣は、一撃で仕留めなければこちらの命が危なくなる。この世界の基準は分からないが、最低でもそれぐらいの長さがあればいいだろう。

「材質は鉄か？」

「そうだよ？　悪いけど、鋼鉄以上の物はこの辺じゃ手に入らないよ？」

（ということは、鋼鉄以上の材質が別にあるのか……興味深い）

「それじゃあ、これと……後、砥石《といし》はあるか？」

並べられた短剣の中から一番大型の物を手に取り、重さや握り、バランスを確かめる。材質がただの鉄ならすぐに錆《さ》びてしまう。頻繁に自分で研ぐことになるので切れ味は気にしない。これが刀なら研ぐのは素人《しろうと》では無理だ。専門の研ぎ師に頼むことになるので、元の切れ味や材質は重視する。

「へぇ～　お兄さん、若いのに素人って感じしないね～」

「……」

青年の言葉に肯定も否定もせず、砥石を選ぶ。出された砥石は予想どおり天然石だ。なるべく硬いものを選んで代金を支払い、短剣と砥石を受け取って店を出る。

「毎度あり〜」

残った銅貨数枚をポケットに仕舞い、今度は雑貨屋を覗く。金が残り少ないので見るだけだ。

生活雑貨を扱う店のようだが、品物の半分は何に使うか分からない物ばかりだ。手のひらサイズの箱や棒状のものなどに見慣れない文字が刻まれている。魔法文字《ルーン》だ。この世界にある魔力を刻んだ文字で、一文字ごとに魔法の効果を込めるものらしい。魔法文字が刻まれているということは魔法の効果がある『魔導具』というヤツだろう。

「それは水が出る魔導具、そっちは着火の魔導具だよ」

カウンターにいる初老の女性が説明してくれる。

(やはり魔導具か。着火はともかく、水が出る魔導具は地球なら大変な価値がある)

文明は豊富な水源のある地域程発展する。逆に言えば、水源が無い地域は発展し難《にく》い。現在の技術では大気中から水を作り出すことは可能だが、水源を利用することに比べて膨大なコストが掛かり、経済利用には適していない。地球に魔力が存在するかは不明だが、これがあれば大掛かりな設備が無くとも水道一式をポケットサイズで持ち運べる。どんな国や企業でも欲しがる技術だ。

「すまない、魔導具を見るのは初めてなんだ。田舎者《いなかもの》なんでね」

「そうかい。で、何か探してるのかい?」

「いや、この街に来たばかりで見物だけだ。また後で買いに来るよ」

「それじゃあ、またおいで」

「ああ。邪魔したな」

魔導具は必要ないが、店内にあった干し肉のような保存食とコップ、タオルのような厚手の布などの生活用品は金ができたら購入しようと思う。


腹が減ってきたが食事は我慢し、街の広場のような場所で腰を下ろして行き交う人々を観察する。

生前読んだラノベやアニメでは当たり前のように獣人やエルフ、ドワーフのようなファンタジーな人種がいたが、この街にはいないようだ。女神の情報の中には亜人についての情報はあったので、存在はしても、この国、もしくはこの街にはいないのだろう。

住人の男女比は女性が多い。髪色は金髪から茶髪、赤毛など単一の民族ではないようだ。瞳の色も様々だったが、黒髪黒目は見かけない。標的の『勇者』達は容姿と名前から、ほぼ全員が日本人と思われる。出歩いていれば目立つだろう。だが、それは俺も同様だ。

宿の鏡で自分の姿を見たが、女神に見せられた当初の肉体と違い、髪は黒く、瞳は灰色だった。人相も結構変わっている。何が若干だ、女神め。前世の顔に少し似ている気がしたが、日本にいたら十人が十人振り返る容姿なのは変わらない。この世界の人間の美的感覚は分からないが、印象に残る容姿なのは殺し屋として致命的だ。非常に遺憾である。

（黒髪は目立つな……）

フードを深く被り直し、観察を続ける。

時折、目の前の大通りを馬車が通過する。馬は地球の馬と同じだ。この世界の移動は馬車がメインになるのだろうか？　流石に乗馬の経験は無い。国を自由に移動するなら馬か馬車の購入が必須かもしれないが、扱えないならどうしようもない。どこかで覚える必要がありそうだ。

そんなことを考えていると、一際高い塔から鐘が鳴った。この街に来て、まだ時計らしきものを見ていない。女神の知識で、この惑星は太陽や月も、前の世界と同じ大きさと位置関係、自転と公転の周期も同じなのは分かっている。太陽が真上にあるので昼を知らせる鐘なのだろう。

（そう言えば朝にも一度鐘が鳴ってたな。明日、ギルドには午後にと言われたが、昼の鐘が鳴った後に行けばいいのか？　失念していたがかなりアバウトだ）

その後も暫く街を観察し、夕方の鐘の音を聞いてから宿に帰った。


【冒険者ギルド】


冒険者ギルド、ロメル支部。

「よし、今月の初期講習を始めるぞ。全員席に着け」

五十代半ばぐらいの大柄な男が、室内にいる『冒険者見習い』達に向けて、声を張り上げる。

「俺はこのロメル支部のギルドマスター、ガルシアだ。まずは、ようこそ冒険者ギルドへ！」

学校の教室程の広さの部屋に、十数人の男女が講習を受けに来ていた。皆十代半ばの若者だ。それぞれ連れ合いで来ているらしく、いくつかのグループで固まって座っている。ぼっちは俺だけだ。

「『冒険者ギルド』は、大陸中にあった『狩人《かりゅうど》ギルド』や『傭兵ギルド』、古代遺跡の発掘をしていた者達が、かの『勇者』達を中心に統合して生まれた組織だ」

（勇者……昔もいたのか？　女神の知識には無かった。このあたりも調べる必要があるな）

「多くの者が『竜』を討伐するような英雄に憧れ、または大金を求めて冒険者を志望するが、ギルドの依頼は魔物の討伐から飯屋の皿洗いまで多岐にわたる。仕事を選り好《よごの》みして生計を立てられる冒険者は一握りだ。自分のやりたい仕事を受けられるかどうかは冒険者の等級次第。つまり、相応の実力が求められる。この場にいる者は全員G等級の見習いから始めてもらい、等級と実力に応じた仕事をしてもらう。だが、経歴や特技によっては昇級試験を免除される。心当たりがある者は後程申し出ろ」

どうやら等級はスキップできるらしい。それに、地球の傭兵とシステムが似ている。傭兵にもランクがある。傭兵の仕事は戦闘だけではなく、運転手や給仕、事務仕事もある。車の運転と英語が話せれば誰でもなれる傭兵は、個人のランクによって仕事と報酬、待遇が大きく変わり、一般兵士と特殊部隊出身のエリートでは傭兵としてのランクに天と地程の差がある。

通常は軍隊経験が無ければ戦闘の可能性がある依頼は受けられない。しかし、紛争地域においては子供でもなれるぐらいに傭兵になる敷居は下がり、誰でも傭兵になれるが、劣悪な待遇と微々たる報酬しか得られない。

銃を持ったことが無い素人でも戦場に駆り出され、使い捨てにされる傭兵がいる一方、高額な報酬と好待遇を受ける傭兵もいる。

個人の能力に応じてランク分けされ、仕事内容や報酬が変わるのは冒険者も同じということだ。

「まずは簡単な依頼をこなしながら、ギルド内の資料室や訓練場などで知識と技術を身に付け、冒険者としての技量を培って欲しい。ギルドでは各種技能の講習も定期的に行っている。こちらも是非利用してくれ。ここまでで何か質問はあるか？」

俺は手を上げ、一番知りたいことを質問する。

「F等級以降の昇級基準、条件が知りたい」

「残念ながら昇級基準は非公開だ。大陸共通の基準に従い昇級が決定されるが、依頼達成の件数や内容、パーティー人数や適性が判断材料とだけ言っておく」

(昇級基準が不明瞭……このオッサンの匙加減《さじかげん》でどうにでもなるなら面倒だな)

「パーティーについて良い機会だから話しておこう。パーティーを組む人数は何人でも自由だ。だが依頼料は一件ごとの固定料金と一人頭に出る場合がある。ギルドの依頼は圧倒的に前者が多い。人数が多ければ依頼の成功率は上がるが、一人当たりの収入は下がる。だからといって、少人数がいいのかといえば、それはお勧めしない。少人数での依頼は失敗の可能性が上がり、メンバーの死に繋がるからだ」

何人かの唾を飲み込む音が聞こえる。失敗すれば死ぬような仕事なんて、大人でも躊躇《ちゅうちょ》するだろう。十代の子供なら尚更《なおさら》だ。

「また、偏った編成もお勧めしない。全員の特技が『剣術』と記入したパーティーがここにいるはずだが、誰かは『斥候《スカウト》』の技能を習得しなければ目当ての魔物は見つからないし、『弓術』や『魔法』などの遠距離攻撃の手段が無ければ、護衛の依頼は受け難くなる。荷を安全に運びたい商人が、荷物の目の前でしか戦えない者しかいないパーティーと、先制したり離れた距離から交戦できる者がいるパーティーなら、依頼は後者に頼むからだ」

「残念ながら、新人の生存率は決して良くない。友達同士だから、同郷だからと安易にパーティーを組み、パーティーの構成や技量差の問題を先送りにしてることが原因だ。バランスを欠いたパーティーは、危機的状況での生還率が恐ろしく低い。普段は仲良く誤魔化《ごまか》していても、予期せぬ危険にはボロが出る」

「今現在、パーティーを組んでいる者は、自分達の技量や適性を早期に見極め、解散や脱退、パーティーメンバーの入れ替えも視野に入れておけ。生死に関わることだ。決して後回しにはするなよ？薬草採取の依頼でも魔物に遭遇しない保証は無い。あの時ちゃんと考えれば良かったなんて、誰かが死んでからじゃ遅いんだからな。それと、一匹狼を気取るヤツが毎年いるが、単独での冒険者活動は自殺行為とだけ言っておく。早期にパーティーを組むことだ」

ガルシアはそう言って唯一ぼっちの俺を見る。それに釣られて部屋にいる全員の視線が刺さるが、無視する。そもそも冒険者になる目的は、国外を自由に行き来する為。正確にはその身分を手に入れることだ。冒険者として成功を目指しているわけではない。

「まあいい……話を戻す。パーティーの適正人数は概《おおむ》ね四～六名。斥候、前衛、補助や支援、魔術師や弓使いがいるのが最も安定する。詳しくは酒場や訓練所で他の冒険者に聞くか、資料室で調べろ。自分で情報収集するのも冒険者に必要な技量だ」

ガルシアは、部屋にいる全員を見渡す。お互いに視線を合わせないが、それぞれ何か思うところがあるのかもしれない。もっと大雑把《おおざっぱ》な業態かと思っていたが、中々まともなことを言っていて意外だ。

その後も細かい規則や冒険者についての話が続き、講習は終了した。

部屋を出て、すぐに受付でG等級の依頼を見せてもらう。身分は得られそうだが、日銭を稼ぐ為とこの世界を知る為にも依頼はいくつか受けるつもりだ。

依頼の報酬は大銅貨二枚から銀貨一枚まで色々ある。酒場の掃除からゴミ処理、荷下ろしなどの力仕事、書類整理など見事に雑用ばかりだ。変わったものだと、便所のスライムの間引きなんてのもある。

（やっぱアレ増えるのか……）

短時間で終わりそうなものをいくつか選んで、空いた時間は資料を見ることにする。仕事の内容は何でも良かったが、当然スライムは受けた。実に興味深い。

「資料室はどこにあるんだ？」

「地下にあります。利用の際は、こちらで記帳をお願いします。利用時間は朝の鐘から夕方の鐘が鳴るまでです。資料の持ち出しは厳禁なのでご注意下さい」

「了解した。早速だが利用したい」

依頼は明日からなので、今日はこのまま資料室に籠もる。

(とりあえず、冒険者の身分は得られそうだ)


【魔物】


街の雑用や薬草採取などの依頼を受けつつ、この世界の情報を集めて一週間が過ぎた。

今いるロメルの街は、勇者が召喚された『オブライオン王国』にあるということが分かった。しかし、勇者に関する情報は何一つ出てこなかった。

女神の依頼を遂行する為にはまず情報が必要になる。居場所は勿論《もちろん》、相手を知らなければ必要な装備や殺す方法が選べないからだ。

だが、情報の前にも確かめなくてはならないことがあった。前世では必要の無かった問題、自分の力量についてだ。女神に貰った肉体は、前世とは身長体重は勿論、感覚機能や筋力も異なる。それに、魔力や魔法の力を確かめ、自分に何ができるかを把握しておかねば、情報を集めても暗殺は実行できない。

俺は薬草採取の依頼を積極的に受注し、日中多くの時間を街から離れた森で過ごしている。生前習得した古武術が新しい肉体でどの程度使えるかの確認と、魔法の実験の為だ。


「ん？」

休憩がてらに短剣を研いでいると、四方から殺気を帯びた気配を感じる。森の掃除屋『大狼《ダイアウルフ》』だ。その姿は地球の狼と同じだが、サイズが二回りも大きい。虎やライオンとほぼ同じ大きさだ。普通の猛獣と違い、気配を殺すようなこともせず、殺気を撒《ま》き散《ち》らして向かってくる。魔獣の特徴だ。

「今日は身体強化魔法のギアを上げて試してみるか」

現れた大狼の数は三頭。ライオン並みの大きさの猛獣に襲われるなど、これが地球なら命を諦める場面だ。しかし、恐怖は感じない。この一週間で何度も遭遇したのもあるが、身体強化魔法に慣れてきたことが大きい。

飛びかかってきた大狼を瞬時に避け、掌底を脇腹に叩《たた》き込《こ》む。

ゴキャ
骨が砕け、内臓が潰れる音が聞こえる。すぐに駆け出し、もう一頭の鼻先にも掌底を叩き込む。

ボギッ

鼻先がくの字に曲がり、同時に首が折れた。その隙を突いて襲ってきた別の一頭の喉を摑《つか》み、即座に握り潰す。

ブシュ

我ながら人間とは思えない凄《すさ》まじい膂力《りょりょく》だ。身体強化魔法で肉体を強化すれば、素手でも魔獣を相手にできる。だが、忘れてはならないのが、この魔法は冒険者など戦闘職に就いている殆どの者が習得している魔法ということ。誰もが使えるなら優位にはならない。

しかし、込められる魔力量には個人差があり、元々の肉体強度により優劣はある。それと、強化し過ぎると後日激しい筋肉痛で身体が動かなくなったり、関節や腱《けん》を痛めるデメリットがある。

「少し魔力が多かったか」

身体の節々に痛みを感じる。まだ、魔力のコントロールに慣れていないのと、肉体の限界が分からないので使用魔力量を見誤ったようだ。

「まだまだ実戦では使えんな……」

瞬間的に強力な力を発揮できても生還できなければ意味は無い。

その後、何度も魔力コントロールの訓練を行い、今日はこのくらいにして引き上げようとしたその時、森の奥から地響きが聞こえてきた。その振動は徐々に大きくなり、巨大な何かが近づいてくる。

「恐竜……？」

見えてきたのは体長十メートル以上の巨大な蜥蜴《とかげ》。鋭い牙と爪を持ち、鮮やかな緑色の鱗《うろこ》に覆われている。頭に二対の角が無ければ地球のティラノサウルスにそっくりだ。

（いや、竜《ドラゴン》ってヤツか？　なんでこんなところに……）

現れた竜は真《ま》っ直《す》ぐ俺を見ている。縦に割れた瞳孔が細くなり、俺を獲物と認識したようだ。

ロメルの冒険者ギルドにあった資料では、この近辺で竜の生息は確認されていない。俺は生まれて初めて見た巨大な生物に戸惑いながらも、ギルドで読んだ資料の内容を急いで思い出す。

（拙《まず》い。手持ちの武器は鉄製の短剣。だが、これは役に立たない。後は身体強化魔法と数種類の攻撃魔法だけ。……通じるか？）

取るべき行動は『戦う』の一択。

竜は強固な鱗に全身を覆われ、普通の武器や魔法で傷つけることは難しい。膂力《りょりょく》も桁違いだろう。しかし、戦うこと以外の選択肢は今は無い。走って逃げるのは論外だ。竜に限らず、肉食獣は背を向けて逃げる存在を追う習性がある。走れば必ず追われる。だが、人間の走力ではどんな肉食獣からも逃げられず、無防備な背中から攻撃されることになる。肉食獣と遭遇、対峙《たいじ》した時、最もやってはならないことが背を向けて逃げることだ。

取れる選択は戦うか見逃してもらうかのどちらか。後者の場合は隠れて過ぎ去るのを天に祈って待つか、敵意が無いことを示して相手の目を見たまま後退《あとずさ》って立ち去ること。視線を逸《そ》らせば獣はその隙に一瞬で襲ってくる。決して視線を逸らしてはならない。

しかし、既に捕食モードに入っている相手にはどんな行いも無意味だ。黙って食われるか、戦って食われるかなら俺は迷わず後者を選ぶ。

地球で最も大きい爬虫類《はちゅうるい》といえばワニだ。ジャングルで散々遭遇したが、人間以上の走力と俊敏性を持ってはいても、陸上では持久力が低く、一度攻撃を躱《かわ》せばその後はしつこく襲ってこない。しかし、目の前の竜は二足歩行で、あきらかに陸棲《りくせい》生物だ。ワニと同じではないだろう。

ちなみに、冒険者ギルドの資料には竜の対処法など載っていない。遭遇は死と同義。生還して資料を残せる者はいなかったということだ。

「戦《や》るしかないか……どうせ一度死んだ身だ。だが悪足掻《わるあが》きはさせてもらおうか」

俺はできる限りの魔力を込めて、発現したい事象をイメージした。相手は体長十メートル以上、強固で筋肉質な肉体を持つ『竜』だ。素手での攻撃はおろか、生半可な魔法も通用しないだろう。

ボボボッ

竜の口から空気の震える音が聞こえ、周囲の景色が歪む。竜の特徴的な攻撃の一つ『息吹《ブレス》』だ。

(ちっ！)

俺は竜から視線を切らないよう気を配りながら、自分が最も安全な位置を急いで探した。

ゴォオオオ

竜の口から火炎放射器のように激しい炎が放たれる。

視線と口の角度から炎の射線を見切ることは簡単だったが、炎の速さと放射範囲は予測できない。

直撃は避けられたものの、完全には躱せず、着ていた外套が燃え上がった。しかし、そんなことは気にしてられない。

森の木々が薄い所、開けた場所を見つけた俺は、素早くそこに滑り込み、頭の中のイメージにありったけの魔力を込め、竜に向けて手をかざした。


――『落雷《ライトニングストライク》』――


放たれた極太の紫電が一瞬で竜に到達、その巨体を貫いた。

バリバリリバリリバリリバリリバリ！

直後、遅れてやってきた雷鳴が轟《とどろ》き、生じた衝撃波が周囲を吹き飛ばす。

落雷の電圧は二百万から十億ボルト、電流は千から二十万、最大は五十万アンペアにも達する。

この大電圧、大電流が生物に直撃すれば重度の火傷《やけど》は当然、脳や神経系統は破壊され、血液や体液は沸騰、筋肉は裂け、骨が砕ける。人間は一アンペアの電流で心臓が止まってしまう。落雷の大電流が心臓を流れれば、如何《いか》なる生物も即死は免れない。

手ごたえはあった。しかし、眩《まばゆ》い閃光《せんこう》が収まると同時に急激な疲労感に襲われ、俺は意識を手放した。

「う……」

気づいた時には森で倒れていた。どれくらいの間意識を失っていたのか分からない。極度の疲労で身体が動かなかった。

一撃でやれねば死ぬと思い、全力で魔力を込めた所為だろう。魔力が枯渇した状態というものを初めて体験したが、まさか一瞬で気を失うとは思わなかった。身体強化魔法の過剰な強化とは比べものにならないデメリットだ。

「くっ、拙い……竜は？」

我に返り、なんとか体を起こすも、目の前の光景は竜どころではなかった。

「マジか……」

何故《なぜ》なら地面に巨大なクレーターができており、森が消失していたからだ。

持てる魔力の全てを使い発現させた魔法で周囲一帯を更地にしてしまった。凄まじい威力だ。しかし、喜びの感情は微塵《みじん》も湧いてこない。魔力のコントロールが未熟なまま迂闊《うかつ》に魔法を放てば、無関係な人間どころか街一つ簡単に吹き飛ばしてしまうのだ。

それに、今現在、命があるのは奇跡としか言いようがない。魔法で起こした現象は本人にも影響する。火の魔法を使えば熱を感じ、手のひらで水を生み出せば当然濡れる。今まで爆発系の魔法を試さなかったのはその為だ。先程放った電撃の規模から、自分も死んでいておかしくなかった。放った左腕には無数の裂傷と火傷痕が残っていてピクリとも動かせない。だが、その程度でよく済んだものだ。

「くそっ、全力の魔力じゃなきゃ落雷相当の電撃は起こせないと思っていたが逆だった。自分で放った魔法で危うく死ぬところだ。自爆も無差別殺人もゴメンだぞ……」

魔法に対する認識が甘かった。今後は魔力コントロールの訓練に時間を割かなければならない。

第二章 邂逅《かいこう》

【エルフと勇者】

森を疾走する一人の女。

フード付き外套《がいとう》を羽織りその顔は見えないが、細見の身体と胸に膨らみのあるシルエットはその者が女性であることを表していた。

何かに追われているのか、女は必死に森を走っている。深く被《かぶ》ったフードの下からは大粒の汗が流れ落ち、相当な距離、時間を走っていることが窺《うかが》えた。

ゴウッ

突如、炎の塊が女の目の前に落ちる。

女は慌てて足を止めるが、直後に襲った真上からの衝撃に身体を吹き飛ばされた。

「ぐっ！」

激しく地面に打ち倒されるも、すぐに起き上がる女。その前には、『飛竜《ワイバーン》』と呼ばれる空飛ぶ亜竜に騎乗する三人の少年達の姿があった。先程の衝撃は飛竜の尻尾《しっぽ》による攻撃だ。女は飛竜の存在に気づいていなかったのか、唖然《あぜん》としている。

「ひゅー！　おい、あれエルフじゃね？」

「やっぱ、リアルに見ると耳がキモいな」

「えー？　僕は気にならないけどなー。それよりすごい美人じゃん！」

揃《そろ》いの服装、黒髪黒目、見るからに十代の若い三人は、飛竜から降り、軽薄な笑みを浮かべながら女に近づいていく。

「こりゃここまで追ってきて正解だったな」

「何がだよ？　すげー疲れたぞ？」

「いやいや、僕の飛竜に乗ってただけじゃん！　それよりエルフだよ！　エルフってテイムできるかな？」

「エルフは亜人だろ？　亜人ってテイムできんのかよ？」

「いや、人は無理だけどさ。ひょっとしたらと思ってね～」

「テイムできたら奴隷はいらないだろ。耳もキモいし、俺は勘弁」

「でもめちゃくちゃ美人だよ？」

「まあ顔はな」

「それに結構胸デカくね？」

吹き飛ばされた衝撃でフードが捲《まく》れ、女の美しい顔と豊満な胸が露《あら》わになっていた。その容姿に一人を除いて下卑た顔を見せる少年達。

女は咄嗟《とっさ》に自身の顔に触れ、自分の素顔が露わになったことに気づく。捕まったら碌《ろく》なことにならない、そう察したエルフの女は、瞬時に腰の細剣《レイピア》を抜き、少年達に向けて構えた。

『勇者』。

当初、女は少年達を甘く見ていた。エルフ族と違い、人族は見た目どおりの年齢だ。十代半ばに見えるこの少年達が、ここは異なる世界から召喚された異世界人、『勇者』であることはこの者達を調べる過程で聞いていた。しかし、少年達が故郷に伝わる『勇者』とは到底思えなかった。伝えられている『勇者』は、人々を悪《あ》しき者から退け、人を導《みちび》く存在として、それに相応《ふさわ》しい力と共に語られている。長い寿命を持つエルフ族の中には、実際に過去の勇者と行動を共にした者もおり、強大な力と優れた人格者だったとして語られていた。

その時代を知らない女は、故郷の老人達が語る話は、誇張されたものだと思っていたし、勇者だと名乗るこの者達は、偽物だとも思っていた。『勇者』という言葉は自惚《うぬぼ》れた人族がよく口にする称号だからだ。それに、百にも満たない人生だが、それなりに大陸を巡り、自分が強者であるという自信が少なからずあった。女には目の前の少年達に強者の雰囲気を感じなかったのだ。

だから油断した。自分の全速に追いつき、追い詰められるなど思ってもいなかった。

「風よ！」

短縮した詠唱で、風の属性魔法『風刃』を生み出そうとするも、発動前に魔力が霧散した。身体強化もいつの間にか解除されている。エルフとバレたのは偽装魔法も解除されていたからだろう。

女には何が起こっているのか分からなかった。理解できたことは、魔法が使えないということ。

細剣を構え、剣で戦う姿勢を見せた女を見て、少年の一人が呟《つぶや》く。

「面倒臭《めんどくせ》ぇな」

「えー？　何？」

「いや、コイツ捕まえて、またあそこまで戻るんだろ？　面倒臭くね？」

「うーん、分からなくもないかも。でもハヤトは捕まえろって言ってなかったっけ？」

「別に殺したって良くね？」

「でも、この女、エルフだよ？　あの奴隷の仲間なんじゃない？」

「んー、とりあえずボコってから考えるか……」

そう言って、一人の少年が拳を鳴らしながら女の前に出る。どうやら素手で相手をするようだ。

「舐《な》めるなっ！」

女は素早い刺突を少年に放つ。身体強化を使っていないとはいえ、それでも目にも留まらぬ速さだ。その素早い刺突が、少年の胸を正確に突いた。

ガキンッ

女の細剣は少年には刺さらず、硬いモノに阻まれた。裂けた衣服から見える肌には傷一つついていない。服が裂けたことから何らかの障壁ではなく、肉体が異常に硬いことを瞬時に悟ったエルフの女は目を見開いて驚いた。

「なっ！」

そして次の瞬間、動きの止まった隙に女に劣らない速さで迫った少年は、女の顔を殴りつけた。

「あー　顔はやめようよー」

「うるせーな。女を黙らすには顔が一番なんだよ」

「サイテーｗ」

少年はニヤニヤしながら、女が殴られているのを見ている。関心が無さそうなもう一人の少年は、やれやれといった呆《あき》れた表情で成り行きをただ見ていた。

「くっ！」

殴られた女は、すぐに起き上がり、刺突をなおも繰り出す。先程から魔法が全く発動しない。それに、少年の身体に剣が刺さらない理由が分からない。斬れるのは服だけだ。

「あーあ、服が……。どうすんだよコレ。一着しかねぇんだぞ？」

少年は、女が繰り出す刺突が身体に当たるもそれを避けようともせず、身体に当たる刺突を無視して下段蹴りを放つ。

「いぎっ！」

女の左足があっさり折れ、激痛に足を押さえて女がその場に沈む。

少年は足を押さえる女にすぐさま馬乗りになり、何度も顔を殴打し始めた。

「や、やめっ……がっ　やっ……」

防御した腕も拳で圧《へ》し折《お》られ、美しい顔が無残に潰れていく。少年とは思えない異常な膂力《りょりょく》。女の鼻が潰れ、歯が何本も折れる。顔全体が歪《いびつ》に腫れ上がり、皮膚が裂ける。女の意識は徐々に薄れていった。

「あーあ、美人が台無し～」

ニヤついて見ていた少年は、そう言いながらもズボンのベルトに手を伸ばしていた。馬乗りになっていた少年も同じく、息を荒くしてズボンのベルトに手を掛けている。このまま凌辱《りょうじょく》する気だ。

「俺は犯《ヤ》るのはパス。いくら巨乳でもキモ過ぎる」

「えー　マジで？　エルフだよ？　もったいない」

「いや、無理だわ。というか顔見ろよ？　グチャグチャじゃねーか」

下劣な会話をした後、凌辱することを拒否した少年は木陰に座り、懐から小さな本を出し読み始めた。助ける気も止める気も全くないようだ。

馬乗りになった少年が、鼻息を荒くして女の胸当てを強引に剝《は》ぎ取《と》る。金属プレートが革ベルトで胸部に装着された防具だが、少年の尋常ではない力でいとも簡単に引き千切られる。女は殴られ過ぎて意識が混濁しており、抵抗する素振りはない。

「へへっ、さてと。もう解除してもいいか。『能力』を発動したままだと感触が分からないからな」

「次は僕だからね」

「分かってるって、焦んなよ」

「おーい、さっさと済ませろよ～　俺は早く帰りたいんだからよ」

そう言った少年はすぐに開いた本に目を落とした。


【レイと勇者】


「なんてガキ共だ」

竜との遭遇と森を吹き飛ばした日から二週間後、俺は消失した森とは別の森にいて、少年が女を襲っている光景を目にしていた。

あの時消費した魔力を回復させるのに三日も掛かった。魔力は体力と同じように睡眠で回復する。宿で三日も寝ていたので、その無駄な時間を取り戻すべく、雑貨屋で食料や備品を買い込み、森に簡易的な拠点を築いて過ごしていた。

竜との不意な遭遇の反省から探知魔法を訓練し、常時展開は勿論《もちろん》、探知の範囲も広がって半径五百メートル程まで伸ばせるようになった。動く物体の詳細もある程度は分かるようになり、探知魔法を発動しながらの活動が常態化していた。

そんなおり、今日もあれこれ試行錯誤して魔法の実験と訓練を行っていたところ、探知魔法に人と思われる反応が引っ掛かった。かなりのスピードで移動する人間と思われる反応一つと、五メートル程の大きさの反応三つ。それらが途中で止まり一か所に集まると、五メートル程の物体から人間大の反応が三つ分離した。

気配を消して様子を見に行くと、少年が女に馬乗りになって殴っていた。

胸糞《むなくそ》悪い。そう思ったのも一瞬。少年達の顔を見て驚いた。

この世界に来て初めて見る黒髪の東洋人顔。少年達の顔は、頭の中にある女神から貰《もら》った勇者達の顔の情報と人相が一致していたのだ。

この世界に来て東洋人は未《いま》だ目にしていない。それに、聞こえてくる下卑た会話は日本語だ。標的の勇者達に間違いなかった。

勇者達の顔はどれも若く、三人共お揃いのブレザーを着ている。制服、恐らく高校生だろう。だからといって殺すのを躊躇《ちゅうちょ》する程、俺は甘い世界で生きてない。女子供は殺さない、なんて格好つけて言ってられるのは空想の世界だけだ。紛争地域では普通に子供が銃を持ち、爆弾を抱えて襲ってくる。殆《ほとん》どが洗脳や麻薬で正気じゃない。女だから子供だからと殺すのを躊躇《ためら》えばこちらが死ぬのだ。

(傷害と性的暴行……はまだ未遂だが、たとえ人違いだろうと殺しても問題無いな)

少年達の表情と慣れた手際から、女を暴行するのは初めてじゃないことが分かる。性的暴行は再犯率が非常に高い。暗殺の標的でなくとも生かしておく理由は俺には無かった。

(それに、偶然にしてはでき過ぎだがチャンスはチャンスだ)

思考を巡らし、殺す手段を考える。

(あのデカいのが邪魔だな)

少年達の近くにいる恐竜のような魔物。五メートル程の三つの反応は竜だった。背には人が乗る為の装具が取り付けられているので、あの三人が乗っていたに違いない。探知した数の変化の謎がこれで分かった。

竜は、冒険者ギルドの資料にある『飛竜《ワイバーン》』と呼ばれる竜の亜種と特徴が一致する。青みがかった鱗《うろこ》に鋭い牙と爪、腕は無く、翼が生えている。飛行に特化した形状が特徴で、個体によっては火球を吐ける飛竜も確認されている。冒険者ギルドの討伐推奨ランクはC等級以上。ということは人間にも倒せる魔物ということだ。

先日遭遇した竜を見た時も思ったが、あの巨体で何故《なぜ》動けるのか？　この世界の重力は地球と同じだ。生物は体重が十トンを超えると自力で立つことはできなくなる。地球にいるゾウの体重は約八トン。あれが限界だ。太古の恐竜は地面に対して胴体を水平にした吊《つ》り橋構造で体重を分散させて自重を支えていたが、先日の竜は尻尾を引きずり、前傾姿勢でもない。骨格と体重からして、本来なら歩くことすら不可能なはずだ。

目の前の飛竜に関してもそうだ。鳥などの飛翔《ひしょう》生物が自力で飛べる体重の限界は二十キロ以下。

だが、視線の先にいる飛竜はどう見ても百キロ以上はある。

この世界の魔物への様々な疑問が浮かぶが、今はどうやって殺すかに思考を切り替える。先日のような魔法は使えない。まだ威力の調整には不慣れだし、力尽きてしまっては万一奴等《やつら》の他に仲間がいた場合は窮地に陥る。それに、情報を得る為にも一人は生かしておきたい。

ふと、足元の石ころに目が行く。

(仕方ない、個別にやるとするか)

手頃なサイズで硬そうな石をいくつか拾い集める。

投石で注意をこちらに向け、追ってきてもらった方が戦《や》りやすい。こいつらの情報が何も無いし、リスクは承知だ。だが、この二週間、勇者達の情報は一切得られなかった。このまま見逃して、あの飛竜に乗って去られでもしたら追跡しようも無い。リスクよりもここで情報を得るメリットを取る。飛竜の能力も未知数で、賭けに近い状況だ。銃があればすぐに済む話なだけに、もどかしさを感じる。

まずは座って呑気《のんき》に本を読んでる奴、次に飛竜、女に夢中の二人は最後だ。

身体強化魔法を施し、拳大の石を全力で投げる。

ボッ
石はプロ野球選手の投球速度を遥かに超える速度で飛んでいき、本を読んでいた少年の頭が吹っ飛んだ。

一応、殺す気で投げたが、てっきり障壁やら結界やらのチートで防がれると思っていたのに拍子抜けだ。

だが、飛竜の頑丈さは分からないので、同じ力で石を飛竜に投げる。

グシャ
飛竜の頭は吹き飛ばず、顔面が潰れただけだった。動きは止まったが、身体強化のギアを上げて間髪入れずにもう一度投げる。

ボッ
今度は顔を貫通し、穴が開いた。

異変に気づいた残り二頭の飛竜。騒いで飛び立とうとしたところを慌てず狙い、最初の一頭と同じように投石でそれぞれの頭に穴を開けた。

(結構、貧弱だな。この間の竜も石でいけたのか?)

飛竜が地面に倒れ、その振動で二人の少年はようやく異変に気づき、揃って後ろを振り向いた。

「ん？　なんだ？」

「なに？」

ボッ
女に馬乗りになり、服に手を掛けていた少年の頭が吹っ飛ぶ。

「僕の飛竜がっ！」

仲間の頭が吹っ飛んだことには気づかず、少年は息絶えた飛竜の姿を見て悲痛な声を上げる。

ボッ

「はごっ」

残った一人は殺さないよう加減して腹に投げる。血を吐き、腹を押さえて悶絶《もんぜつ》している姿を確認した後、素早く気配を断ち、少年の背後へ回り込む。

「かはっ」

無音で近づき、素早く首を絞めて少年の意識を奪う。

昏倒《こんとう》した少年を見ると、ズボンが下がっていて間抜けなことこの上ない。

実に呆気無《あっけな》かった。本当にこいつら脅威なのか？　女神の見立てに些《いささ》か疑問を感じる。

「マジで人違いじゃないだろうな？　……まあいい」

殴られていた女のもとに向かい、頭の無い少年をどかして首筋に指を当てる。

(生きてはいる……が、酷《ひど》いな。長い耳。初めて見るがエルフってヤツか)

脳内にあった女神の知識にもあった亜人種、エルフだ。ファンタジー定番の長命で美しいとされる人種だが、女の顔からはその美しさは判別できない。見たところ、顔面以外にも、左腕と左足が折れている。顔への殴打で裂傷と腫れも酷い。前歯を中心にいくつも歯が割れ欠損している。口内もズタズタだろう。ここまで酷い殴られようだと脳や頸椎《けいつい》の損傷もあるかもしれない。

チラリと殺した少年を見るが、とてもこんな膂力があるように見えない。身長百七十センチ程、やや痩せ型の体格。本を読んでいた少年も同じような体格だ。気絶させた少年の身体は更に小柄で、全員鍛えているどころか碌《ろく》に運動すらしていないだろう。

気になったのは女を殴っていた少年の手だ。身体強化を施せば筋力は上がるが、骨や腱《けん》までは強化できない。あれだけ派手に殴って綺麗《きれい》な手のままなのは明らかにおかしい。

「まあ、後でコイツに聞けばいいか」

まずはこの女をどうするか決めねばならない。見る限り、放置すれば死ぬだろう。戦場なら拳銃で頭を撃ち抜き、楽にしてやるところだ。

だが、女の容態を見て『回復魔法』が頭に浮かんだ。ここ最近取り組んできた魔法だ。傷を治す魔法だが、欠損は復元できないし、失った血液や体力も回復しない。

『回復魔法』は教会の専売特許のような魔法で一般的な魔法ではないが、実はそれ程難しいものではない。人体の構造と怪我《けが》が治るプロセスが分かっていれば、発現するのは簡単だ。それに、欠損を再生する魔法は、前世の知識を応用すればいける気はしていた。

ただし、火や水を生み出すことに比べて、人体の修復はかなりの魔力を消費する。それに、怪我の程度によっては診断と治療イメージが正確でないと正常に機能が回復しないリスクもある。切断された腕を繋《つな》げるだけなら簡単だが、神経や靭帯《じんたい》も正確に繋がなくては、接合できても指や腕が動かせない。

俺は先日放った魔法の後遺症で動かなくなった左腕を見る。発生させた大電流の影響で神経が焼き切れていた。

軽い傷を自分でつけ何度か回復魔法は試して成功はしていたが、再生魔法は試していない。神経を再生するのは実験でも躊躇われたからだ。失敗すれば、再生魔法自体が成功したとしても腕が動かせないまま傷が治ってしまう。間違って再生した神経組織を再び焼き切って再度魔法を試すなど流石《さすが》にやりたくない。自分の腕を治す前に他の誰かで実験しておきたかった。

相手は動物でも魔物でも何でも良かったが、目の前の女は条件に合致する。骨折や欠損など重傷の治療も試せるだろう。どれも自分自身で試すには勘弁したい大怪我だ。

そう考え、改めて女の状態を見る。裂傷については傷跡が残らないように治療するのに気を使う程度だが、骨折の方は難易度が高い。恐らく骨が砕けてる。レントゲンやCTなんぞ当然無い。怪我した内部の状況が分からないと正確に治療できるか分からない。探知魔法の応用で何とかなりそうだが試してみないと何とも言えない。

骨折以外にも、脳や脊髄に損傷があった場合は完全に実験になる。そこまでの詳しい知識は持っていない。だが、いずれ重傷の治療方法も確保しなければならない。戦闘同様、怪我を負った場合の備えもしておくのは兵士の基本だが、この世界では全ての怪我は自分でなんとかしなくてはならないからだ。

(この女には悪いが実験台になってもらおう)

しかし、問題は残る。治療した後のこの女の処遇だ。幸い俺が勇者を殺したのは見られてはいないが、女の性格によっては始末することになる。

(女の件は治療してから考えるか)

応急処置で女の折れた手足を、落ちている枝で添え木をして布で固定しておく。布は少年の着ていたブレザーの袖を裂いて作った。顔の裂傷には回復魔法を軽く掛けて止血しておく。破れた血管を塞ぐようなイメージで魔力を流すだけの簡易的なものだ。首と頭も固定しておきたいが、適当なものが無い。本格的な治療は後だ。

とりあえずの応急処置だけして女は一旦放置し、馬乗りになった少年の死体と、意識を失った少年の襟首を摑《つか》んで、本を読んでいた少年の死体の側まで引《ひ》き摺《ず》っていく。

先に情報収集だ。

【勇者の尋問】

俺は唯一殺さず、気絶させた少年の口に千切った服を突っ込み、右膝を踏みつけ関節を砕いた。

「ジ―――ッ!!!」

コイツがどんな能力を持っているか不明だし、魔法を使われたら厄介だ。とりあえず口を塞ぎ動けないようにする為に手足を砕く。次は左足、そして両腕。革の装具を素手で引き千切るような奴らに布やロープでの拘束は無意味だ。

激痛で覚醒した少年だったが、最後の関節を踏みつける頃には白目を剝《む》き、失禁しながら再び意識を失っていた。ショック死しそうだが、死んだら死んだで諦める。情報は欲しいが手加減して逃げられるよりはマシだ。コイツの能力も未知数だし、女を治療すれば手掛かりは何かしら得られる。口に詰めた布を取り、魔法で生み出した水を頭から浴びせて少年の意識を覚醒させる。

「ぶはっ！　げほっげほげほげほ……　おえっ……」

意識が戻り、咽《むせ》ている少年の腹に短剣を突き付ける。

「今から聞く質問に答えろ。答えなければ殺すし、嘘《うそ》をついても殺す」

「ッ！」

◆

高橋健斗《たかはしけんと》は四肢の激痛で男の言葉が理解できなかった。

目の前に短剣を突き付けている男がいる。フードで顔はよく分からないが、男の声だ。身体が激痛で動かない。自分の身体を見ると、両肘と両膝は腫れ上がり、妙な角度に曲がっている。ズキズキと痛みが酷く、まともに思考ができない。

「言葉が分からないのか？　答えないならコイツらのようになるぞ？」

男に言われて隣を見ると、頭の無い二つの死体が並んでいた。

「ひっ！」

自分と同じ学校の制服。クラスメイトの本庄学《ほんじょうまなぶ》と須藤雄一《すどうゆういち》だ。さっきまでエルフの女を甚振《いたぶ》ってたはずだ。何が起こったか理解できなかった。

「だ、誰？」

「質問するのはお前じゃない。俺が質問してお前が答える、答えなければ死ぬだけだ」

「……」

ゴクリと喉を鳴らす高橋。

「お前は召喚された三十二人の内の一人だな？」

「えっ！」

「聞きたいのは他の二十九人の能力だ。全員の能力を教えろ」

「な、何言ってんだ？」

ズッ

短剣が腹に刺さる。

「あっ！」

「質問に答えなければこのまま腹を裂いていく」

短剣に力が入るのが伝わり、白いシャツが見る見る血で染まっていく。

「わ、分がっだ、言う！　言うがらやめでっ！　やめで下ざいっ！」

体験したことのない痛みと恐怖で、高橋健斗は一瞬で心が折れた。

◆

少年は泣きながら叫んでいた。

尋問どころか拷問になってしまったが、どうせ最後には殺すから気にしない。優しく聞いても嘘や誤魔化《ごまか》しをされて時間を無駄に取られるだけだ。

拷問に耐えられる人間は殆どいない。無論、拷問する側の技量や目的にもよるが、耐え続けることは困難だ。軍事訓練では拷問に対処する訓練もある。だが、苦痛を緩和したり、生存率を上げる為の技術や話術を学ぶだけで最終的には耐えられないと教えられる。確実に助けが来ると分かっていたり、絶対に自分が殺されないと分かっている状況なら耐えられる場合もあるが、基本的には無理だ。訓練を受けた人間でさえ無理なのだ。普通の高校生なら尚更《なおさら》だろう。

「質問に答え、全員の能力を話せば治療して解放もしてやる」

勿論ウソだが希望を与えるのも尋問のコツだ。

「ぜ、全員は知らない！　自分から話す奴とか、能力が目立つ奴以外はみんな自分の能力を隠してるんだ！」

(高校生とはいえ、危機意識が高い奴もいるようだ)

「なら知ってる奴を教えろ」

高橋は、思い出すように知っているクラスメイトの能力を話し始めた。

話によると約半年前、この世界に高校の一クラスが丸ごと転移してきて、それぞれが特殊な能力に目覚めたらしい。だが、俺のように神様的な奴に出会うことも無く、いきなり召喚されてこの世界に来たみたいだ。『鑑定』の能力持ちのクラスメイトが一人一人の能力を鑑定して教えたらしいが、全員を鑑定したわけじゃなく鑑定を受けなかった奴もいたようだ。

召喚を首謀したのはこの国の国王。他国との戦争で利用する為に召喚の儀式を行ったらしく、召喚した勇者達を奴隷として縛って使うつもりだったようだ。『鑑定』の能力持ちがネックレスに偽装した『奴隷の首輪』を見抜き、クラスの中心人物達がネックレスを奪って国王を含めた要人達を抑えてこの国の実権を奪ったとのことだった。中々逞《たくま》しくて感心する。

召喚された三十二名は、生徒三十名に教師二名。教師達は召喚直後に軟禁され、生徒が国の実権を握った後に解放されるも、生徒達を引率することなくそれぞれ勝手に行動しているらしい。こいつらもこいつらだが教師も教師だ。

教師一人の能力と女子の半数、男子の一部は能力が不明。勇者達、約半数の能力が分からないが、分かった能力もなんとも信じられない能力ばかりだった。

「信じてくれ！　いや下さい！　自分で言うのもなんだけど、僕らはクラスでは下っ端なんだ。上の連中はヤバくて……特にハヤトの『勇者《ブレイブ》』なんて能力《スキル》は反則なんだよ。いつでも召喚できる『聖剣』と『聖鎧《せいがい》』は超強力だし、『聖剣技』と『聖属性魔法』は普通の防御魔法じゃ防げないんだ。僕の『魔物使い《テイマー》』なんて、それに比べたらしょぼい能力だし、魔法だって身体強化以外はあんまり使えない。最初は魔物をテイムできてわくわくしたけど、どんな魔物をテイムしたってクラスの戦闘職には敵《かな》わない。苦労して飛竜をテイムしてもタクシー扱いだし……うっうっうっ」

泣きながら話す高橋。後半は殆ど愚痴のようだ。

(ハヤト……桐生隼人《きりゅうはやと》。『勇者』の能力。なんともファンタジーな能力だが、そもそも勇者とは何だ？女神は召喚された高校生全員を勇者と呼んだ。この世界にいた過去の勇者と何か違いはあるのだろうか？)

勇者という言葉に引っ掛かりを覚えるが、今はそれを考えても答えは出そうもない。

念の為、殺した二人の能力も聞こうと頭の無い死体を指差す。

「この二人の能力は？」

「うっ……ゆ、雄一は『金剛力』って体がめちゃくちゃ硬くなって怪力になる能力だよ。魔力を使わないで剣も矢も弾《はじ》くし、力も身体強化より強くなるらしいけど、火や水攻めされると弱いから魔術師組には脳筋スキルって馬鹿にされてた。学は『魔法使い』。中位魔法まで使える能力と『絶対魔法防御結界』っていう特殊能力を持ってた。結界は半径五十メートルの魔法を全て無効化するんだけど、発動したら自分も魔法が使えなくなるから魔力によらない能力持ちとか近接戦闘組には無力だったんだ。クラスの上位魔術師には到底及ばない。僕や雄一と同じように、学も皆からは下に見られてた」

話を聞く限り、コイツら三人は自分で言う程弱くない。戦いを教える人間がいなかったのか、実戦をあまり経験していないのか、あるいはその両方だろう。まあ、普通の高校生なら当たり前だが。自分達より強い存在を意識してないのは間違いない。俺にとっては好都合だ。

だが、魔力を必要としない能力は脅威だ。本庄学の『絶対魔法防御結界』を展開されて、須藤雄一の『金剛力』で攻撃する。中々良い組み合わせだ。もう一人、盾役か攻撃役がいれば、かなり厄介なパーティーになる。高橋の『魔物使い』の能力にしても、空を飛べる乗り物があるだけでこの世界じゃ物凄《ものすご》いアドバンテージだ。小動物をテイムして諜報《ちょうほう》や偵察に使えるし、毒蛇でもテイムしたら簡単に人を殺せる。大型魔獣の使役にロマンを感じるだろうが、発想が子供だ。

「次の質問だ。あの女を追っていた理由は？」

「え？　……そ、その……」

急に言《い》い淀《よど》む高橋。

「さっさと話せ。自分の内臓を見たいのか？」

「やめて！　言う！　言うからっ！」

短剣を少々深く刺してやると、高橋は慌てて話し始めた。

「で、でも、僕らもよく分からないんだ。ハ、ハヤトがエルフの奴隷を殴り殺しちゃったんだけど、その時いきなりあの女が部屋に入ってきて攻撃してきたんだ。けど、攻撃が効かないって分かるとすぐに逃げちゃって……だから僕らが追うはめに……あ、ひょっとしてあの女もエルフだから殺した奴隷の仲間だったのかも！」

察するにあの女は仲間を助けようとして乗り込んだが、敵わないとみて離脱したというところだろう。ここで気になるのはあの女は勇者を探せたということだ。ちらりとエルフの女を見る。先程より呼吸が浅くなっており今にも死にそうだ。

情報を取れる他の勇者のアテもできたし、これ以上高橋を尋問しても確度が低い情報しか得られそうもない。それより勇者を辿《たど》れた女の方が優先度が上がった。死なれる前に治療する必要がある。

「お前は邪魔だな」

「え？」

地球なら手足を縛って口を塞げば無力化できるが、この世界には魔法がある。それに、高橋の能力を封じる手立てがない。目を離した隙に魔獣を操って逃亡や襲撃の可能性がある以上、始末する方が無難だ。

「お前等のことはハヤトってガキに聞く。お前はもういい」

「もういいって……？」

ズッ

俺は高橋の腹に刺した短剣をさらに深く刺し入れた。

「いぎぃぃぃぃやめっ！　なんで！　喋《しゃべ》ったら助けてくれるっで……」

「お前はやめてくれって声に応えたことがあるのか？　自分だけは聞いてくれると何故思う？　それに、殺しや女を犯すことに慣れてるようなガキを生かしておく理由は無い」

「あう……あ」

短剣の刃が腹部の動脈に達し、夥《おびただ》しい量の血が溢《あふ》れる。高橋の顔がみるみる白くなり、やがて動かなくなった。

「さて、次はあっちか」

エルフの女を再度見る。最初は実験台のつもりで治療後に始末することも頭にあったが、高橋の話で状況が変わった。個人的な恨みか同族の仇《かたき》かは分からないが、あの女が勇者の居場所を突き止めることができたのは事実だ。

その方法や持ってる情報は、この世界の情勢に疎い俺にとっては勇者から得られる情報より価値がある。

エルフの女のもとへ行き、『浄化魔法』を施す。この魔法は便所スライムの間引きの依頼で教会に行った際、教会のシスターに掛けてもらい覚えた魔法だ。浄化の名のとおり、泥や血の汚れ、臭いまで綺麗さっぱり消えてしまう。

シスターの『洗浄魔法』は確かに臭いが取れて清潔になるものだが、その詳細については分からない。聞いても、元々は対不死者《アンデッド》用の魔法だったものが物を綺麗にする魔法としても用いられるようになったとしか説明はされなかった。何度尋ねても「不浄を浄化する魔法です」としか言わない。

信じたくないが、「キレイにな〜れ」とイメージしてやってるとしか思えない。この世界の人達は目に見える汚れや臭いが無くなれば清潔になったと思っている。ある意味間違いではないが、細菌やウイルスなどの知識は無いのだ。

現象の理屈を知らなくても魔法が発動するのをこの時初めて知った。他の魔法使いも「火よ出ろ」とか「水よ出ろ」的な適当さで魔法を使っているのかもしれない。

この世界の人間はともかく、俺は『浄化魔法』を人体に有害な物質を分解除去する魔法と解釈した。知ってる限りの有害物質の除去をイメージする。自分の血であっても体外に排出され空気に触れれば汚染された物質であり除去対象にしている。

外傷の治療に『浄化魔法』と『回復魔法』を併用すると、何故か傷跡が残らない。不思議な現象だが、俺は医者や学者ではないので何故かは分らない。

浄化魔法を掛けた後、女を軽く診察する。左足と左腕の骨折。顔面の裂傷と打撲、口腔《こうくう》内裂傷。顔の骨もあちこち折れている。脳や頸椎の損傷は不明。少し見ただけでも酷い有様だ。

女を動かすのはやめた方がいいが、ガキ共の血の匂いで魔物や獣が寄ってきそうだ。回復魔法と探知魔法を同時に行うことはまだ無理なので、ここで本格的な治療はできない。

(できれば設営したキャンプまで移動したいが仕方ない)

最低限の治療の為、探知魔法を一旦切り、女の頭を両腿で挟んで固定する。まずは『透視魔法』で頭部の損傷をチェックだ。この魔法はＣＴやＭＲＩのように、人体に微細な魔力を断続的に流して内部を把握できる。探知魔法の応用で開発したもので、内部に凹凸が無ければ形が分からず、色や模様までは見えない。他人に使うのは初めてだが、相手の意識が無く動かないので上手《うま》くいった。医者じゃないから正確な診断は無理だ。だが、内部の形が分かれば骨折や頭蓋内の出血の有無ぐらいは俺にも判別できる。

女の頭部に異常が無いことを確認し、同じように頸椎もチェックする。神経や骨に異常は無いようだ。

「これなら運べるな。意外と頑丈な女だ」

設営したキャンプにはこれまで買い揃えた物資やテント、周囲には罠《わな》や簡易的な警報装置も仕掛けてある。あそこならここより落ち着いて治療できるだろう。

俺は着ていた外套で女を包んで移動の準備を済ませると、次に高橋達の死体の処理に入った。

基本的に殺しの仕事は死体を残さない。依頼内容によっては残す場合もあるが、死体を残せば犯罪が発覚し、犯人の捜索が行われてしまう。それに、死体には様々な情報が詰まっており、殺しの手口や力量も露見する。殺し屋にとって死体を残して良いことなど一つもなく、処分するのがセオリーだ。

(放置しても森にいる魔獣が処理するだろうが、念の為だ)

死体は全て燃やす。その前に須藤と本庄の持ち物を調べておく。尋問に利用しようと高橋のものは既に調べていた。

須藤と本庄も高橋と同様、手荷物は無し。それぞれのポケットに金貨が十数枚あるだけだ。荷物らしい荷物は本庄が読んでいた一冊の本だけ。

本の中身を見てみると、魔法について書かれた本だった。所謂《いわゆる》、魔導書というヤツだ。所々に日本語が書き込まれている。

（メモ書きというより翻訳だな。大した内容でもない文章に日本語訳が必要か？　……まさか、こいつ等この世界の文字が読めない？　会話はどうしてるんだ？）

高橋は日本語で話していた。俺も日本語で質問していたが、会話していることに違和感を持たないのは変だ。パニックになっていたとしても、こいつ等がこの世界に来て半年は経《た》っている。そこら中に日本語が溢れてるわけでもないのに、俺の日本語に驚かないのはおかしい。

俺の脳内には女神から様々な情報が入れられている。言語能力もその一つだ。どんな言葉も会話でき、読み書きもできる。だが、異なる言語の区別はちゃんとできている。しかし、高橋達はこの世界の言葉と日本語の区別、いや、識別自体ができていないのかもしれない。だとすると、こいつ等も脳に何かされてる可能性が出てきた。それも、俺とは違いかなり杜撰《ずさん》なイジられ方だ。

「能力に目覚めたことと何か関係があるのか？　……ちっ、もっと早く気づくべきだった」

今更だが、召喚について疑問が湧いてきた。異世界に転移して、特殊能力に目覚めるのはまだ分かる（いや、分からないが）。だが、言語能力はどうだ？　そんな都合の良い能力が偶然得られるものか？

召喚はこの世界の人間の手で行われたと女神は言ったが、詳細については分からないとも言っていた。この世界の人間に別世界の言語能力を付与できる技術があるなら説明がつく。しかし、この世界の文明を見る限り、そんな高度な技術があるとは思えない。異世界から召喚すること自体、この世界の人間が行ったというには無理があるのだ。

女神は異世界転移は神のみぞ行える秘術と言った。では、一体どうやってこの国は『召喚』という名の異世界転移を成功させたのか？　その技術はどこから？　誰が行った？

高橋曰《いわ》く、オブライオン王国の国王は『勇者』という武力を手に入れ、周辺国との関係を変える為に『召喚の儀』を行ったが、儀式を主導した宮廷魔術師は全員が死亡し、儀式を知る人間は誰もいないらしい。国王や側近ですら詳細は何も知らないのだ。怪しいなんてもんじゃない。

「女神め、何か隠してやがるな」

いつもなら、依頼の背景など気にしない。標的を殺してそれで終わりだ。依頼を受けた後の詮索は依頼主の不信を買うことに繋がり、口封じで消される確率が上がる。知りたがりは長生きできないのが殺し屋稼業だ。しかし、今回の件については依頼の裏にある背景が気になった。

俺の脳に完璧な言語能力を付与しながら、肝心な情報が不足している違和感。本気で標的を殺す気があるのか疑いたくなる。女神にとって、殺しは本当の目的では無いかもしれない。

……だが、

「殺し屋ごときに全てを説明する必要は無い、か。まあ当然――」

「おい」

考え事の最中、頭上からの突然の声にそれどころではなくなった。

（何っ！）

女の治療の為に探知魔法は切ったままだった。もう一人の仲間の存在は頭にあったが、高橋の話では『マサラ』という街にいるはずだ。

（ちっ、ガキの言うことを真に受けてたわけじゃないが、迂闊《うかつ》だった）

上空を見ると飛竜に乗った少年がこちらを睨《にら》んでいた。

【桐生隼人】

「お前何してんだ？」

少年は、偉そうな態度で聞いてくる。

（……桐生隼人）

少年の顔を脳内の記憶と一致させる。召喚された勇者の一人、桐生隼人だ。先程の三人と同じブレザーの制服。上着の下には何も着ておらず、厚い胸板と割れた腹筋が見える。

（確か、高校球児だと高橋が言ってたな。さっきの三人と違いガタイがいい。あまり『勇者』って顔じゃないが……）

「あーあ、お前等何やられてんだよ。女はどうし……ってあれか？　おいおい、ぼこぼこじゃねーか。俺が先にヤルって言ったのによ～」

桐生は無残なクラスメイトの姿に何ら悲しみも憤慨もせず、自分本位な言葉を口にする。

「しかも、よく見たらエルフじゃねーか。あー　もったいねー　ぶっ殺しちまったエルフ奴隷の代わりになったじゃねーか」

「高橋の言ったとおりのクズのようだな」

「は？　クズ？　俺に言ってんの？　てか誰だよお前？」

「誰でもいい。俺の質問に答えなければ高橋達同様、死ぬだけだ」

「プッ！　何が死ぬだけだ、だよ。パシリを殺《や》ったぐらいで調子に乗ってんのか？　つーか、お前、格好つけるなら女がヤラれる前じゃなきゃダメだろ？　あーあ、こういうイケメンムーブする奴がいるならもっと早く来れば良かったぜ」

（友達が殺されて何とも思ってないのか？　それ以前に、血まみれの死体を見ても動揺してない。高校生とかそういう問題じゃないな。やはり、脳をイジられ――）

「お前みたいな格好つけて女を守るような奴は、ぶちのめして目の前で女を犯してやるのが面白ぇーんだよ。イケメンがボコボコな顔で「ヤメロォォォ」とか泣き叫んでる姿は何度見ても最高だぜ。

けど、女がもうやられてんじゃつまんねーな」

「……だとしても、同情する余地は無いな」

「あー？　なんだって？　聞こえねーよ」

「お前のような奴は報酬無しでもいいぐらいだ」

「報酬？　つーか、さっきから飛竜が言うこと聞かねーな。おら、ちゃんと飛んどけよ！」

桐生は飛竜を殴りつける。『魔物使い』の高橋が死んで支配した魔物に影響が出ているのだろう。

だが、桐生は腕力で強引に言うことを聞かせている。相当な力だ。

（あれも『勇者』の能力か？　少し試してみるか……）

「さっさと降りてこい。相手してやる」

「何が相手してやるだ。おめーは地べたで死んどけ『聖なる槍《ホーリーランス》』！」

「ッ！」

桐生は手をかざし、短縮した詠唱で魔法を唱えた。手のひらから光の槍《やり》を生み出し、いきなり投《とう》擲《てき》してきた。

（速いっ！）

回避が間に合わず、高熱の飛翔体が左腕を擦る。左腕の袖が瞬時に焼け焦げ、皮膚が爛《ただ》れた。だが、今は怪我を気にしている場合ではない。元々動かない左腕と痛みは無視する。

（速い上にやたら眩《まぶ》しい。だが……）

「おいおい、何避《よ》けてんだよ？　『聖なる槍』！」

桐生が同じ魔法を続けて撃ってきた。しかし、それはさっき見たばかりだ。飛んでくるスピードは確かに速いが、タイミングが分かっていれば避けるのは難しくない。

（飛竜が邪魔だ）

——『火球《ファイヤーボール》』——

俺は無言で直径二メートル程の火の球を生み出し、上空に放った。

桐生は突然の魔法攻撃に驚き、慌てて飛竜を回避させようとするが、連携は取れておらず火球が直撃する。

高温の炎に包まれ、一瞬で翼の皮膜が焼け落ちた飛竜は、桐生を乗せたまま地上に落ちてきた。

「うおおおおぉぉぉぉ——『聖鎧召喚』んんん！！！」

何やら叫びながら地面に激突した桐生と飛竜。

だが、桐生は生きていた。黒焦げになった飛竜を押《お》し退《の》け、光り輝く白金の鎧《よろい》を纏《まと》って立ち上がってきた。鎧の隙間からは煙が燻《くすぶ》っており、炎によるダメージは少なからず受けているようだ。兜《かぶと》の隙間から覗《のぞ》く桐生の表情は怒りに歪《ゆが》んでいる。

「てめぇ、魔術師か？　舐めたマネしやがって！　ぶっ殺してやる！　こいっ！　『聖剣召喚』！」

桐生の手に、鎧と同様、光り輝く白金の大剣が現れた。

しかし……。

――『炎壁《ファイヤーウォール》』――


またも無言で魔法を放ち、桐生の目の前に炎の壁を発現させる。

「クソがぁ！」

剣を振り、炎を払う桐生。聖剣というだけあって、炎の壁をいとも簡単に切り裂いた。

だが、炎は攻撃する為に放ったわけではない。

俺は桐生が聖剣で炎を斬っている間に背後に回り込み、剣の振り終わりに合わせて短剣を突いて桐生の目を抉《えぐ》った。

「ぎゃあああああ！　目がっ！　目がぁぁぁ！」


――新宮流『流水演舞』――


目を押さえ頭を下げた桐生に密着し、逆手に持ち替えた短剣を脇、膝裏の順に鎧の隙間を縫うように斬りつける。最後に反対の脇に短剣を深く刺し入れた。

「あぎゃっ！」

悲鳴を上げ、地面に転がる桐生。両脇を斬られて腕が上がらず、聖剣も手放していた。

最後の脇下への斬撃で動脈は断っている。何もしなければ数分後には出血多量で死ぬだろう。

（コイツも呆気無い……これが『勇者』？　まさか、「せいけんしょうかんっ！」とか、言わなき

や出せないのか？　ウソだろ？　魔法もそうだが、態々《わざわざ》これからこれで攻撃しますって宣言するのはアホとしか言いようがない。せめて最初から剣も鎧も装備してから攻撃してこいよ……。折角《せっかく》、魔法も撃てるんだから、もっとこうさぁ……）

チラリと殺した高橋を見る。

「何がヤバいだ……」

所詮は高校生《こども》の言うことだったと呆れつつ、倒れたまま動かない桐生を観察する。

（回復魔法は使えないのか？）

桐生の脇からは大量の血が流れている。普通の人間に、傷口に手を突っ込み切れた血管を探して塞ぐのは無理だ。腕も上がらず、魔法やファンタジー以外の動脈の止血手段は桐生に無いだろう。

本来なら間髪入れずに止《とど》めを刺すところだが、こいつには聞きたいことがある。それに、もう少し勇者の能力が知りたかった。漫画のように復活して、本気の力があるなら見てみたい。なんせ、勇者達の力に関してまだまだ情報が少な過ぎるのだ。多少のリスクを負っても探る必要がある。

だが、しばらく経っても桐生に動きは無い。流れた血の量を確認し、警戒しながら近づく。

桐生の着ている鎧を短剣で突いてみたがかなり硬い。それに、刃が反発するような感触がある。ファンタジー素材だろうか？　幸い、鎧の隙間はファンタジー効果は無かったようで、構造は普通の鎧と同じだった。どんなに硬い鎧も人間が着る以上、構造的に装甲で覆えない箇所が必ず発生する。特殊能力で生み出した鎧でもそれは変わらないようだ。

新宮流『流水演舞』は、相手の鎧の構造や急所を正確に把握し超近距離で繰り出す短刀術で、俺が前世で修めた技の一つだ。戦国時代から伝わる古武術には、鎧の関節部分を狙う技はどの流派にもあり、特別な技ではない。

『炎壁』の魔法は、ただの目隠しに使った。人間は急に視界が塞がれると反射的に動きが止まる。死角に潜る為の囮《おとり》として使用したが、いずれの攻撃も様子見に過ぎない。ここまで綺麗に極《き》まると罠を疑いたくなるが、桐生は倒れたまま動かず、他に潜んでいそうな伏兵の気配も無い。

剣と鎧が消えて青白い顔をした桐生が現れた。服は焼け焦げ、所々火傷《やけど》を負っている。

(コイツの能力で生み出した剣と鎧。鎧はともかく、剣は欲しいと思ったが、消えちまうのか)

相手の武器や弾薬、爆薬を利用するのは普通のことだ。使える物は何でも使う。敵の武器を奪って使うのに何の抵抗もない。しかし、それは戦場に限り、犯罪に利用されてないものに限定される。だが、金では手に入らない強力な武器なら話は少し変わる。リスクがあってもそれ以上のメリットがあるなら所持して使用するという選択もある。

「あ」

武器のことより、俺は重大なミスを犯したことに今気づいた。

◆

桐生隼人は、流れ出る大量の血を見ながら自分に何が起こったのか分からなかった。力も入らず、立ち上がることもできない。

（痛い……寒い……身体が動かない……）

突然、目の前に炎が上がったと思ったら、次の瞬間には地面に倒れていた。魔法？　相手から発動の呪文は聞こえなかった。

（今までどんな攻撃も防いできた。無敵の鎧だったはずだ……）

薄れ行く意識の中で、桐生は思う。

（この世界に来て、無敵の能力を得た。逆らう奴はブチ殺し、気に入った女は全員犯ってやった。誰も俺に文句を言う奴はいない。法律だって無視できる。最高な世界だ。これからもまだまだ楽しめるはずだった。それがこんなところで……終わ……る？）

ようやく自分に死が訪れることを悟る桐生。

（エ？　アレ？　オワリ？　ちょっ――）

桐生隼人の人生は、呆気なく終わった。

◆

「やっちまった……」

高橋達三人と同様、あっさり死んでしまった桐生隼人。

桐生に近づき、首筋に指を当て脈が止まっていることを確認する。『勇者』の能力と聞いて様子を見つつも、一応は殺すつもりで攻めた。だが、こんなにあっさり死ぬとは思っていなかった。

情報を得る相手を殺してしまったことに自己嫌悪に陥る。プロとしてあるまじき行為だ。特殊な能力持ちと聞いて超人か何かと先入観を持ってしまっていた。

「こんなミスはいつぶりだ？　身体と一緒に若造になった気分だ……まあいい、切り替えよう。どの道、勇者を拘束する手段が無いし、エルフはまだ生きてる。勇者に繋がる線はまだ消えてない」

反省は後にし、気持ちを切り替える。現場で悩めば更なるミスを呼び込み、時間も無駄にする。

桐生の死亡を確認した後、次に黒焦げの飛竜の死体を見る。

(『火球』の魔法一発で仕留められた。だが、まだまだ調整は必要だ)

先程使った火属性魔法『火球』と『炎壁』は、現代兵器の『ナパーム弾』、約二千度の燃焼温度をイメージして発動した。火属性の魔法は、温度を上げるごとに魔力も比例して消耗し、魔力を練る時間も増える。戦闘中、咄嗟に放てるレベルではまだこのあたりが限度だ。もう少し高温を発する兵器もイメージできるが、それでも桐生の光る鎧には通用しないだろう。

(今回はコイツがバカで魔力を練る時間がたっぷりあったが、もしこれが手練《てだ》れや複数相手の戦闘だと隙ができる。もっと直感的に撃てるようにならんと使えんな)

勇者が全員この程度なら無駄かもしれないが、この世界には先日遭遇した竜のようなバケモノの存在もいる。依頼の為だけでなく、自衛の為に今後も研鑽《けんさん》は怠れない。

しかしながら、次は相手を拘束して情報を聞き出す手段、魔法や魔導具が必要だ。口を塞げば魔法は使えないかもしれないが、それだと話ができない。そもそも魔法を使うのに発声は必要無いのだ。この世界の罪人はどう拘束してるのか？　魔法がある世界では地球と同じ拘束方法は無意味だ。対魔術師用の拘束具は必ずあると思われる。これも後で調べて手に入れなくてはならない。

殺した勇者全員を一か所に集め、火属性の魔法でまとめて燃やす。飛竜は大き過ぎるので、魔石だけ抜き取って個別に燃やしていく。周囲の延焼に注意しながらできるだけ高温で燃やした。

「勇者を全員殺しちまった以上、女の治療でミスはできんな。少し慎重にいくか」

【レイの過去】

十代の頃、強くなる為に色々な格闘技に手を出した。だが、大概の格闘技は同じ体重の相手を想定したものばかりで、俺の求めるものではなかった。街の喧嘩《けんか》なら十分だが、殺しには向かなかった。競技化した武道は危険な技、人を死に至らしめる技が失われ、教える人間もいない。俺は体格に優れた方ではなかったから、自分より大きな人間を殺すには既存の格闘技の殆どは参考程度にしかならなかった。

偶然ではあったが、ある古流武術の達人と知り合う機会があって教わることになった。病気で余命宣告を受けるまで生きてこれたのは、師との出会いがあったからだ。九十歳を超えても未だ現役で、俺は師匠に一度も勝てたことがない。何でもありの本気の殺し合いでも瞬殺されるだろう。信じられないことに、その師匠《ジジィ》、間合いの中なら拳銃の弾も避けるのだ。

後から知ったが、俺が学んだ『新宮流』は戦国時代から続く忍びの流れを汲《く》んだ古武道の一派で、師匠はその本家の長《おさ》だった。新宮家は全国に合気道や柔術、剣道、弓道など、現代の時流に合わせた道場を展開する古武道家の大家だ。師匠に出会った頃は、小汚い格好のジジイと地味な道場で稽《けい》古《こ》をマンツーマンで付けてもらっていたので、そのことを知ったのは随分後だった。

腕が上がった頃に連れていかれた山奥の裏道場では、世界各国から殺しを生業とした者達が集まり師匠の指導を受けていた。俺はそこから命がけの鍛錬を行うことになる。

「お前さん、もう経験済みじゃろ？　ここはそんな奴らの集まりじゃ。さてどうする？　帰るか？今なら戻れるぞ？　ん？」

今でもあのニヤニヤした師匠の顔が忘れられない。自分の生業を話したことは無かったが、何故か師には見抜かれていた。だが、人殺しの俺に何の躊躇いも見せない師匠に俺はついていった。

裏道場では安全に配慮などの言葉は無い。壊すか、壊されるかのやり取りだ。流石に命のやり取りまでは無かったものの、死んでもおかしくないことの連続だった。特に俺は、師匠から剣術を無理矢理教えられ何度も斬られた。だがそのおかげで強くなれた……と思う。

師匠は戦時中、刀で敵兵を斬り殺しまくって、ようやく奥義の門を開いたとか言ってたり、自分の手で育てた剣士と死合いたいとか酒の席で言っていたのは絶対冗談ではなかった。

山奥の裏道場で日本人は俺だけだった。それが理由かは分からなかったが、よく面倒を見てもらったことは数少ない人との繋がりの中で、死ぬ思いをしながらでも楽しかった。

「儂《わし》の代でこの流派は終わりじゃな……」

酔うと決まってそう呟いていた。

「息子も孫も曾孫もおるが、人を殺すことは強要できん。人を殺し、殺し合い、生き残ってこそ武よ。曾孫に剣の才が多少見えるが、流石に幼い女の子に人を斬り殺してこいとは言えんしの」

クックックと笑いながら酒を煽《あお》る師に「そりゃそうだ」と返すしかなかった。

現代日本に生まれて、武道の為に人を殺す必要なんてないだろう。特に剣術なんて極めてもはっきり言って活《い》かす場が無い。現代の熟練した兵士なら剣で斬りつけられる前に銃で眉間を撃ち抜ける。剣が有利な場面は極めて限定的で、剣を極めても活かせる戦場は現代の地球にはない。

例外なのは師匠だけだ。あの抜刀術と隠形《おんぎょう》術はヤバイ。間合いに入ったら最後、腰に帯びた刀から瞬《まばた》きの間に首が飛ぶ。比喩ではなくリアルにだ。それと、本人を目の前にしても存在が認知し難《にく》い隠形術。あれなら屋内限定で現代でも通用する。……いや、野戦でも誰も勝てないかもしれない。

魔法があろうと、原始的な近接戦がメインのこの世界なら、俺などより師匠の方が女神の依頼に適任だったろう。

体術にしても剣術と同じだ。『新宮流』の技は、急所を的確に突き、体格に左右されることなく相手を壊し、殺傷する技術だ。平和な日本で伝えられるものじゃない。指一本で人を殺せる技術を会得してどうしろと言うのだ？　護身の正当防衛どころか一撃で殺人者だ。俺には役に立ったが、現代では明らかに過剰な技術だ。

だが、世界的に見れば需要はあった。特殊作戦を行う軍の特殊部隊員や、非合法な作戦を行う政府機関の工作員などにだ。初めは自衛隊の秘密部隊の隊員に手解《てほど》きをしていたらしいが、その関連で米軍など西側諸国の特殊部隊員達に噂《うわさ》が広がり、技術を教えることになったらしい。流石に街中では目立つので、山奥に秘密の裏道場を建てたらしいが、これを知る者は極一部。新宮家本家の人間にも知られていない。

各国の特殊部隊員達は、体術と短刀術を中心に稽古が付けられ、よく俺が相手をさせられていた。俺からすれば力をつけるのに願ったり叶ったりだったので、喜んで相手をしていた。やがて俺が教える立場になり、その関係で傭兵《ようへい》として活動するツテを得られたわけだが、当時は日本国内で殺し屋として活動していたので、傭兵として活動し始めたのは二十代半ばを超えた頃だ。

監視カメラに携帯電話の進化、ＳＮＳの浸透、デジタル機器の発展によって殺しの仕事は激減した。需要は変わらずあるものの、殺しを行う者も依頼した者も多大なリスクを負うことになり、利益が釣り合わなくなった（それでも今も頑張ってる殺し屋さんはいる）。今は外注が主流だ。外国人に端金《はしたがね》を渡し、通り魔的に襲わせてその日に帰国させる。杜撰なやり方だが、日本においては有効な手段で、プロの殺し屋は商売上がったりだ。

しかしながら、海外では紛争や内戦、先進国による非合法な特殊作戦などが今も変わらず行われており、腕の立つ人間の需要はあった。正規の兵士を使うより、外部の人間を金で雇う方が安上がりの世界だ。依頼を失敗しても正規軍を使うよりずっと安く済む。だが失敗してもらっても困るので、腕の立つ人間には仕事があった。

米国で軍事訓練を受け、銃器の扱いやサバイバル技術を学び、非合法の傭兵として特殊作戦も請け負うようになった。日本人はこの世界でいないわけではないが珍しく、コールサイン：レイブンとしてその筋ではまあまあ活躍できたと個人的には思う。

理不尽な任務も生還した。生死を彷徨《さまよ》う怪我もした。殺らなきゃ殺られる。そんな世界で俺は生き残ってきた。だが……。

――『いつになったら儂を殺せる？』――

今も魔法を覚え、新たな肉体で鍛錬をするも、常に頭に浮かぶのは師『新宮幸三《しんぐうこうぞう》』の姿。

「……まだジジイを殺せる気がしない。他の勇者はもっと強いんだろうな？」

【神域】

「驚いたわね」

神域にて女神アリアは呟く。アリアの視線の先には、天使の身体を与え転生させたレイが映っている。先程勇者四人を殺した映像を見てアリアは驚いていた。

「四人の転移者を瞬殺……」

「偶然の遭遇とは運命力の強い男ですね」

アリアの前に跪《ひざまず》いた青年が口を開く。金髪碧眼《へきがん》の優男。容姿は驚く程整っており、背には白鳥のように真っ白な一対の翼が生えている。『天使』だ。

「私に選ばれ、転生したということ自体、非凡な運命を持っているという証《あかし》ね」

「確かに仰《おっしゃ》るとおりです。失言でした。しかし、あのような者に任せて本当に良かったのでしょうか？　随分悠長にしているようですが……」

「ザリオン、アリア様の御判断に間違いがあるとでも？」

アリアの前で同じように跪く少女が、隣にいるザリオンと呼んだ天使を睨む。この少女も同じように翼が生えており、金髪碧眼。容姿も美しく整っている。

「いやいや、滅相もない。ただ、いくら身体があれしかなかったとはいえ、力を与え過ぎてはないかと思ってね。エピオンは、たかが人間が我々と同じ力を持つことに何も思わないのか？」

「すべては女神アリア様の御心《みこころ》のままに。我らごときが疑問を抱くことではない」

「二人共、レイの身体は天使級の性能があっても、地上に降《くだ》す際に幾重にも封印を施してあります。第一、天使が素《す》の力を現世で振るえばどうなるか、二人は知っているはずよ？　ザリオンが心配するようなことは無いわ。ただ一つだけ、異界を渡った際に起こり得る異能が発現してなさそうなのが気にはなるかしら？　何せ、肉体を与えて降すなんて初めてだから今後も要観察ね。でも、順調のようで一安心だわ」

（裸に手ぶらで降しちゃった時には、しまったと思ったけれど、大丈夫だったみたいね）

「それよりザリオン、調査はどうなっていますか？」

「はっ、召喚を実行した魔術師達は全員死亡。詳細を知る者は存在しません。ただ……」

「ただ？」

「死亡した者達の魂が輪廻《りんね》に還《かえ》っておりません」

「どういうことなの？」

「分かりません。地上で不死化《アンデッド》したのかも含めて現在調査中で御座います」


（まさか……いや、やはりというべきか）


「引き続き調査しなさい」

「はっ！」

「エピオン。あなたは地上の聖女に神託を。レイの詳細と彼に協力するよう伝えなさい。それとオブライオン王国には今後近づかないようにとね。特に召喚された勇者達との接触は控えるよう、神託を出しなさい」

「宜《よろ》しいのですか？」

「地上にはあの時の勇者達のお伽話《とぎばなし》があるのよ。私の使徒と勇者、天秤《てんびん》にかける者も出るでしょう。なるべく接触させたくないわ。レイの邪魔になるもの」

「アリア様の使徒と、あのような愚か者共を秤《はかり》にかけるなどっ！」

「人間とはそういうものよ」

「……畏《かしこ》まりました。早急に伝えます」

「私は暫《しばら》く休むから後はお願いね。流石に力を使い過ぎて疲れたわ」

「「お戯れを……」」

手をヒラヒラさせながら、そう言ってアリアは消えていく。

残った二人の天使は頭を下げながらそれを見送り、やがて二人も静かに消えていった。


【リディーナ】


遠くに大きな炎が見える。

炎の前には一人の人影。

アイツ等だろうか？

だけど、もうどうでもいい。

身体が動かない。

痛い……眠い……。

私は、再び瞼《まぶた》を閉じ意識を手放した。

目が覚めると知らない空間にいた。

身体には毛布が一枚掛けられ、上半身は裸だった。

(テント?)

「痛ッ」

口内に激痛が走る。左腕は添え木と布が巻かれ、痛みで動かせない。無事な右手で顔に触れるが、自分の顔じゃないみたいだ。触れる度に痛みが走り、所々感覚が無い。

(夢じゃなかった……)

襲われた記憶が蘇《よみがえ》る。

自分の顔を鏡で確認したい衝動に駆られる。だが怖い。見なくても分かる。酷い状態だ。

「目が覚めたか?」

テントの入口から、フードを被り口元を布で隠した男が入ってきた。若い男の声だ。入口から覗く隙間から外は暗く完全に日が暮れているのが分かるが、瞼があまり開かず、それ以上は分からなかった。

私は痛みを堪《こら》え、慌てて身構えた。

「危害を加えるつもりはない。まだ起き上がるな。吐き気は無いか？　本格的な治療は明日するから、まだ寝ていろ」

男は、そう言うとテントから出ていった。外には焚火《たきび》の炎が見える。

どういうことか訳が分からなかった。明日治療する？　ここは治療院？　側に置かれた細剣と、壊れた胸当てが目に入り、すぐさま右手で剣を取り、胸に抱き寄せる。

暫く警戒していたが、再び襲ってきた眠気に逆らえず、また意識を手放した。


翌朝。

腫れた瞼で辛うじて目を開くと、昨夜の男がいた。

「起きたか？　とりあえず、足の骨折は治してある。一応、頭部と頸椎も問題無いと思うが、後遺症が無いか後で確認する」

「……」

「……ひょっとして、言葉が分からないのか？」

相変わらずフードと口元の布で顔が分からない。言葉は分かるが、言っている意味が分からない。

ケイツイ？　足？　骨折を治した？　どうやって？　確かにあの時、左足を蹴られた記憶はある。

少なくとも骨は折れていたはずだ。けれど、毛布から出ている左足に痛みは無く、何ともなっていないのが分かる。一体どうやって？

「参ったな。言葉が通じないのか……」

何を勘違いしたのか、男はそう呟くと腕を組み、何やら思案しているようだ。

『これなら分かるか？』

「ッ！」

驚いたことに男は『エルフ語』を喋った。……同族？

「あう……」

『すまん、無理に話さなくていい。口の中が切れてるだろうし、腫れが酷い。軽く頷《うなず》くだけでいい。俺の言葉が分かるか？』

なおもエルフ語で話し掛けてくる男。私は、軽く頷き返事をする。

『はっきり言ってかなり重傷だ。足の骨折は治したから歩くことはできるが、あまり動くな』

思わず自分の顔を触る。腫れ上がり、鼻も潰れている。口の中もズタズタで気が付かなかったが、前歯を中心に歯がいくつも折れて無くなっている。慌てて毛布を頭から被る。誰にも見られたくなかった。

「うっうっ……うぇ……」

自分の顔がめちゃくちゃになっていることに嗚咽《おえつ》が止まらなかった。鏡を見るまでもなく、自分の顔が酷い状態であることは明らかだ。歯も何本も無くなっている。元の顔に戻ることは無いと理解してしまった。

『まあ治療してやるから心配するな』

嗚咽が止まらないまま、この男の言葉に怒りが込み上がってくる。

(治るわけないじゃないっ！)

回復魔法や回復薬《ポーション》で腫れや裂傷は癒《い》やせても傷痕は残る。潰れた鼻や折れた歯はどうにもならない。同族のクセにそんなことも分からないのか？　傷が治ったとしても、女として醜いままなら死んだ方がマシだ。私はショックで冷静ではいられなかった。

『もう殺して』

毛布を被って呟く。

『治療が信用できないか……ならこれを見ろ』

『……』

しばしの沈黙が続いた後、私は毛布をずらし、そっと男を見た。男が自分の左腕を出して巻いてある布を取った。皮膚が焼け爛れ、水膨れが酷い腕が出てきた。

男はさっと手を翳《かざ》すとみるみる傷が癒え、最後には綺麗な腕に治っていた。

『俺は回復魔法が使える。お前の怪我も治してやるから少し落ち着け』

その後、男は黙って出ていった。

驚異的な回復魔法だ。今まであれ程の使い手は見たことが無かった。けれど、私の顔は回復魔法では元に戻らない。回復魔法が使えるのにそんなことも知らないのだろうか？

（でも、一体何者なの？）


暫くして、男は湯気が立ち上るスープを持って戻ってきた。

『そのままなら飯も食べ難いだろう。先に口内を治療する。動くなよ？』

男は私の側に腰を下ろし、片手を私の頬《ほお》に添えた。

一瞬ビクッと体が跳ねたが、男は構わず頬を離さず魔力を流してくる。口内の刺さるような痛みが無くなってきた。次に男は私の口を開き、口内を確認するように覗き込んできた。気恥ずかしかったが、それより男の瞳を見て驚いた。

（灰色の瞳！　エルフじゃない……人間？）

エルフは殆どの者が緑眼だ。極稀《まれ》に私のように青い瞳で生まれてくる者がいるが、それ以外の色の目で生まれてくる者はいない。ハーフエルフも同様で、瞳の色と耳は、もう片方の親の種族に関わらずエルフの特徴が出る。古《いにしえ》のハイエルフは赤眼、辺境にいるというダークエルフは榛色《ヘーゼル》で、灰色の瞳は聞いたことが無い。この男はエルフ族では無く、血も混ざっていない。

人間がエルフ語を何故話せる？　エルフ族以外にエルフ語を教えるのは掟《おきて》に反する。たとえ親子であろうと他種族との子に対してエルフ語を教えるのは禁じられている。

男に対する警戒が跳ね上がった。

(禁忌の子？)

禁忌の子は、魔物との交わりで生まれた子供のことだ。しかし、それはエルフ語を話せる理由にはならない。

(それに禁忌の子が例外なく放つ禍々《まがまが》しい気配は無い。いや、寧《むし》ろ……)

「ッ！」

男を観察すると驚くべきことが分かった。

(あ、ありえない……精霊があんなに……)

驚く私を他所《よそ》に、男は手を離して立ち上がる。

『これで食事は摂《と》れるだろう。冷める前に食っておけ』

気づけば顔の腫れも引き、痛みも消えて楽になっていた。潰れた鼻と欠けた歯はそのままだ。得体の知れない男に戸惑いながらも、勝手に治療した男に不審と怒りを覚える。

(どうせ元の顔になんて戻るわけない。このまま中途半端に、「治した」なんて言われたらこの男が何者か聞き出してから殺してやるっ！)

そう思いながら出ていった男を睨む。

しばらくして、襲われた時のことを思い返す。そう言えば、あの三人はどうしたのだろう？

殴られた後の記憶が無い。あの男が放置された私を助けたの？　でも、下腹部に違和感は無い。男との経験は無いが、何もされていないのは分かる。あの三人の内、二人は私を性的な目で見ていた。何もされずに殴っただけで放置されたとは思えない。

あの男が途中で助けた？　回復術師がどうやって？

エルフの成人は二十歳だ。成人までは人と同じように成長するが、成人後は老齢期に入るまで見た目は殆ど変わらない。同じエルフ族同士でさえ若年期は年齢が分からないし、知ろうともしない。あの男はエルフじゃないし、声からして成人前と思われる。そうだとすると、あの回復魔法の練度が説明できない。他の魔法と違い、回復魔法だけは多くの経験と知識が必要と言われているからだ。才能だけでは扱えない魔法であり、あの若さで身に付けられるものではない。

けれど、あの男が回復術師であることは間違いない。回復術師は回復魔法の習得の難しさから戦闘能力が低い者が多い。あの男が単独で私を救ったとは考えられない。

多少、冷静になり状況を整理する。テントの大きさはどう見ても一人用だ。中にある野営用の道具の数からも、とても複数の仲間がいるようには思えなかった。

あの男が私を助けて、治療もしている？　それも単独で？　あり得ない……。

数時間後、男がテントに戻ってきた。手には紅茶の香りを漂わせた木製のカップを持っている。私は慌てて身構えた。

『なんだ、飯を食ってないのか？　少しは腹に何か入れた方がいい』

そう言って、カップを渡してくる。受け取らないでいるとそっと側に置かれた。

『まあいい。次は腕の骨折を治す。右手を退けろ』

『……』

『はぁ……。いいか？　俺はお前を襲ってた連中とどういう関係か知りたいだけだ。怪我を治すのは話ができるようにする為だ。足は治した。嫌ならどこへでも行け』

『……』

『お前の荷物もそれだけだ。他には見当たらなかった。それと、お前を追っていた連中は全員死んだ。自由都市マサラだったか？　そこにいた奴も追ってきたから始末してある。安心してどこへでも行けばいい。まあ、お前が現場に痕跡を残してたならどうなっても知らんがな』

『……リディーナ。お前じゃない。それに痕跡なんて残してない』

気づけば私は自分の名を名乗って、折れた左腕を差し出していた。信用したわけじゃない。けれど、追ってきた三人とあの男、キリュウハヤトを始末したとこの男は言った。信じられないことだが嘘とも思えない。

『そうか。名乗ってもらって悪いが、こちらの素性を教えるつもりはない。安心してもらう為とはいえ、あいつらを殺したと白状したんだ。察しろ』

そう言って、男は無言で添え木と巻かれた布を外していく。

『痛ッ』

『少し我慢しろ』

男は赤黒く変色し腫れた患部に触れる。暫くすると、温かい波動が伝わってきた。

何時間経っただろうか。フードの隙間から見える男の額には汗がびっしょりだ。魔力がいつまで続くの？　それに何時間も魔法を発動し続けられるなど、驚異的な魔力量と集中力だ。

「ふ――――」

男は大きく息を吐き出した。気づけば左腕は元の綺麗な状態に治っている。

(信じられない……)

『思ったより時間が掛かった……続きはまた今夜……だ』

綺麗に治った腕に驚いていると、男はふらつきながらテントから出ていった。

テントからそっと顔を出す。男は焚火の前で毛布に包まり目を閉じていた。

(寝てる？)

回復魔法は自身の治療は勿論、他人の治療には特に大量の魔力を消費するらしい。男は魔力を回復する為に仮眠を取っているのかもしれない。そもそも、あれだけの長時間、魔法を掛け続けたのだ。消費した魔力は膨大なはずだし、それ程の魔力量を保持しているということでもあるが、そんな人間は今まで見たことが無い。

（この男は得体が知れない）

無意識に剣を握る。しかし、怪我の治療をしてもらい、助けてくれたことは事実だ。

剣を握る手を緩め、テントから出た。水が飲みたいのもあるが、身体を拭きたかった。近くに水場があるはずだ。そこに向かう。

私には精霊の存在が分かる。エルフによって、感じられる程度からはっきり交信できるまで様々だが、私にははっきり認識できた。エルフが森の民と呼ばれ、精霊の少ない平地より森に国を作るのはその方が生活に便利だからだ。私はエルフ族の中でも精霊との親和性が特に高いらしく、探さなくても水場は精霊が教えてくれる。

見つけたのは、小さいながらも綺麗な水がゆっくり流れる小川だ。

被っていた毛布と服を脱ぎ、川に入って身体を洗う。まだ日も高く、木々から差し込む木漏れ日で、辺りは森と小川の美しい風景が広がっている。だが、水面に映る自分の醜い顔を見て涙が溢れてきた。

「ううっ……うっううっうっ……」

側に置いた細剣が目に入る。

一瞬、自死を考えたが、まだやるべきことがある。それに、綺麗に治った左腕を見て、希望があるかもしれないとも思い始めていた。

冷たい川の水を浴びていくらか冷静になってきた頭で思い返す。

(どうやったかは分からないけど、私を助けてくれたのは事実。怪我もこうして動けるまでに治療してくれたのも事実。妹の仇を討ってくれたのも本当かもしれない)

これが嘘だったなら、自分の見る目が無かったということだ。

私は意を決して、男のもとへと向かった。

◆

俺はリディーナと名乗った女が小川に向かったことに気づいていたが、何も言わず放置した。顔を晒《さら》してもいないし、名乗ってもいない。エルフ語を使ったのは拙《まず》かったかもしれないが、大したことではないだろう。残りの勇者達が俺を辿ることは不可能だ。あの女が立ち去ったとしても問題は無いと思っていた。

確かにリディーナの持つ情報は勇者を知る手がかりだ。しかし、あの女を引き留め、拷問なりで強引に聞き出しても、その情報に価値は無い。

拷問が必要かどうかは相手の属性や聞き出す内容によって判断するが、緊急性の低いものや自分の命に直接関わるものでなければ、基本的に暴力で情報を得ることはしない。

何でもかんでも暴力で情報を得ることに慣れ過ぎない為もあるが、拷問は手早く情報を得られる反面、デメリットもあるからだ。暴力によって聞き出せる情報はあくまでもこちらが質問したことに対してだけであり、こちらが知らないことや質問以外の情報は得られない。

また、苦痛から逃れる為に嘘や不確かな情報を話す場合も当然あり、情報の確度は高くない。虚偽を見抜けなければ正確な情報か判断できないが、高橋とは違い、リディーナはこの世界の人間だ。拷問で無理矢理聞いても、この世界に疎い俺には聞き出した内容の真偽を判別できないのだ。

それに、尋問や拷問を行う場合は、最後に相手を殺す必要がある。暴行した相手を解放したところでメリットは何も無い。相手が一般人なら警察に駆け込まれ、裏社会の人間なら後に必ず報復される。相手を殺す以上、拷問するのは犯罪者か、死んで当然のワルだけと俺は決めている。

死体を処理する手間やリスクを考えれば、金銭や信用で情報を得る方が何倍も効率的であり、手荒な真似《まね》はしないことに越したことはない。

リディーナに関してはこのまま去ったとしても、尾行して行動範囲や活動内容、素性を調べればどのように勇者に辿り着いたかはある程度見当はつく。それに、自由都市マサラに行けば何か分かるはずだ。問題は無い。

（時間はあれど、ストーキングは面倒だからやりたくはないがな。やはり、先に顔を綺麗に治してやった方が良かったか？）

怪我を治せば信用を得られると思っていたが、治す順番を間違えたかもしれない。

リディーナの足と腕の治療でなんとなく再生魔法のイメージは掴めている。左腕の神経の再生はできるだろうが、女心を掴むのには失敗したらしい。

ただ、細剣の出所は知りたかった。リディーナの意識が無い時に剣を調べたが、恐ろしく軽く硬い。切れ味も鋭く、俺の知らない金属だった。

（少なくともこの辺りで手に入る代物じゃない。それも尾行すれば分かるか……）

金属製のポットを焚火にかけ、湯を沸かし茶を淹《い》れる。ロメルで手に入れた紅茶だ。お茶には様々な効能もあり、なるべく飲むようにしている。異世界でも茶の効能にそれ程違いはないだろう。

個人的にはコーヒーの方が好みだが、この世界ではまだ見てない。この世界に歯ブラシはあるが、歯磨き粉はない。なので、定期的に紅茶で口を濯《すす》ぐようにしている。抗菌作用による虫歯予防だ。虫歯になったら自力で抜いて、魔法で再生するしか治療のすべはない。虫歯はあまりポピュラーではないのか、治療法などは聞いたことは無い。ひょっとしたら虫歯菌が少ないのかもしれないが、予防は大事だ。麻酔も無しに自力で歯を抜くとか流石にやりたくない。

（浄化魔法だと人体に有用な常在菌まで無くなるからな。それだと逆に虫歯になりやすく――）

あれこれ考えてる内に、リディーナが戻ってきた。目が赤い。泣いていたのだろうか？

『今までの態度を謝罪するわ。ごめんなさい。怪我も治してくれてありがとう』

神妙な面持ちでリディーナが頭を下げてきた。

どういう心境の変化かは分からないが、実験の続きはできる。恩を売るにも丁度いい。

『まだ顔の治療は終わってない』

『……本当に治せるの？』

驚いた表情でサッと顔を上げるリディーナ。

『ああ』

そう言って、俺は淹れた紅茶をリディーナに手渡した。

その後、治療は深夜まで及んだ。顔の裂傷や鼻の修復はすぐに終わったが、歯の再生には時間が掛かった。髪の毛や爪、骨など、人間には欠損を再生させる力が元より備わっている。欠損が治らない部位は細胞の遺伝子にそうプログラムされているからに過ぎない……と、昔何かの論文で見たことがある。失った部分の形と細胞を分化させるイメージで再生魔法は上手くいった。

休憩を挟みつつ、欠損した歯を一本一本再生した。割れた歯の再生は難しくはなかった。だが、完全に根本から抜けてしまった歯はかなり難航した。際限なく伸び続けたらどうしようかと思ったが、きちんと元の歯の形に再生できた。

実験は成功したが、流石に前歯一本だけで終わらせたら恨まれそうだ。逆に、綺麗に元の顔に戻せば、信用を得られるだろう。

何日も掛けたくなかったので一気に終わらせたが、かなり疲れた。睡眠のコントロールはある程度できるが最近は碌に寝ていなかった。治療を終えたところで集中が途切れ、魔力も消耗し疲労が押し寄せた。この女に敵意が無かったとはいえ、不覚にもそのまま寝てしまった。

翌朝、物音で目が覚め、テントから出ると紅茶を淹れているリディーナの後ろ姿が見えた。

『あ、起きたの？　おはよう』

俺に気づき、振り返ったリディーナの顔を見て驚いた。

『あ、ああ……』

『はいこれ。勝手に淹れちゃったけどいいわよね』

そう言って、紅茶を渡してくるリディーナ。

『ああ』

カップを手渡されてもリディーナから目が離せない。昨夜は魔法に集中し過ぎ、後半は疲労と睡魔で治療を終えた後の記憶が曖昧で気づかなかった。

『……』

俺は朝日に照らされたリディーナの笑顔を見て言葉を失った。目の前に女神にも引けを取らない美しい女がいる。

（この女、こんな美人だったのか……？）

閑話　王都の勇者達

桐生達四人が森でレイに殺された日。正確には『魔物使い《テイマー》』である高橋健斗が殺された直後に、オブライオン王都では突如、街中で魔物が暴れる騒ぎが起こっていた。高橋健斗に使役されていた魔物が高橋の死によってその支配から解放され、魔獣としての本能のままに王都の人々を襲ったのだ。

「一体どうなってるの？」

王都にいた白石響《しらいしひびき》は、暴れている魔物の討伐にあたっていた。腰まで伸びた黒髪をポニーテールに結い、やや鋭い目つきの凛《りん》とした和風美人だ。細身に見えるが筋肉が引き締まっており、その物腰や動作から武道の心得があることが窺《うかが》える。

様々な爬虫類《はちゅうるい》型の魔物達。その中で重竜《サウラー》と呼ばれる四足歩行の竜の亜種を、白石は手にした日本刀で両断する。柄《つか》や鞘《さや》が真っ白な日本刀は刀身も僅かに光っていた。

「これって高橋のテイムしてた魔獣よね？」

王宮の厩舎《きゅうしゃ》で飼われていた魔物達のことはクラスメイト全員が知っている。しかし、その飼い主である高橋健斗が今どこにいるかを知る者はいなかった。

「まあいいか」

白石は退屈していた。この世界に召喚されて約半年。最初の一ヶ月で初めて剣で生き物を殺してから今まで色々なモノを斬ってきた。小鬼《ゴブリン》や豚鬼《オーク》などの魔物から、罪人や野盗のような人間まで。しかし、剣の技術も何も無い弱者をいくら斬っても物足りなかった。

――『剣聖』――

能力で生み出せる『聖刀《せいとう》』はあらゆる物を切断し、剣技にも補正が掛かる。

近接戦闘において最強に近い能力を得た白石響は、自身の能力に辟易《へきえき》していた。幼い頃から培ってきた技術を使うことも無く、聖刀と身体強化だけでどんな魔物や人間も相手にならなかった。

「もっと強いモノを斬りたいわ」

そう呟《つぶや》く白石の側《そば》に、風穴がいくつも開いた飛竜が落ちてきた。

ドシンッ
「ごっめーん！　響ぃー　大丈夫ぅー？」

建物の屋根からピョンと飛び降り、白石の側に着地した佐藤優子《さとうゆうこ》。佐藤は白石響と幼馴染《おさななじみ》だ。ショートカットの黒髪に童顔、可愛《かわい》らしいといった印象の天真爛漫《てんしんらんまん》な少女だが、手にしている光る弓は凶悪そのものだ。

――『弓聖《きゅうせい》』――

光る弓と矢を能力で生み出し、高い射撃能力と威力を誇る。効果が同じような魔法もあるが、『弓聖』の能力は、威力、射程、連射、追尾能力と全てにおいて魔法を凌駕《りょうが》する。また、白石響の聖刀と同様、魔力を必要とせず、魔法による防御障壁では防げない特性を持つ。

「大丈夫ぅー？　じゃないわよ優子。危ないじゃない」

「いやいや、ちゃんと落ちてく場所に人がいないのは確認してるよ？　響しかいなかったし、大丈夫かなーって」

「……まあいいわ。それよりここら辺はあらかた終わったみたいだし、城に帰りましょ」

「了～解～♪　でも、これって高橋君の魔獣だよねー？　殺しちゃって怒るかな？」

「何言ってんのよ。ペットの粗相は飼い主の責任でしょ？　結構被害が出てるみたいだし、怒られるのは高橋の方よ」

「まあ、そうだよねー」

まるで散歩に訪れたかのように気軽に重竜や飛竜を殺した二人に、窓の隙間から外を窺う住民達は畏怖の眼差《まなざ》しを向けていた。

王宮会議室。

元は舞踏会が開かれていた大きな部屋に、先程まで王都で暴走した魔物の討伐にあたっていた白石響、佐藤優子を始め、王都に在住している生徒達が集まっていた。

担任教師である私、志摩恭子《しまきょうこ》は、集まった生徒達を部屋の隅で眺めている。

今やクラスをまとめているのは教師《わたし》ではない。

「みんな集まってもらってすまない」

簡易的に作られた議長席に座った高槻祐樹《たかつきゆうき》が、人が集まった頃合いを見て声を上げた。隣には九《く》条彰《じょうあきら》の姿もある。

高槻はアイドルグループに所属している芸能人で、成績優秀、運動神経も抜群の絵に描いたような主人公系イケメンの生徒だ。その上、誰に対しても物腰柔らかく接し面倒見も良い。召喚されてからは、クラスのリーダーシップを執って皆をまとめている。

九条彰は『鑑定』という能力で私達がこの国の奴隷になるのを防いだ功労者だ。特徴を捉えにくい容姿と薄い存在感。所謂《いわゆる》、普通の生徒だったが今では高槻に次ぐ発言力を持っている。

「まずは、暴走した魔物を討伐してくれた皆、ありがとう。魔物の暴走に関しては、テイムしていた健斗が見つからないので原因はまだ分からない。隼人と学、雄一の三人も行方不明だ」

いつも一緒にいた四人組の姿が無い。桐生隼人を中心に、高橋、本庄、須藤の行動、特に暴力と女性に対する行いは目に余り、誰にも咎《とが》められないことで日に日にエスカレートしていた。本来なら教師として生徒を止めなければならなかったが、彼等を止める力は私には無い。

「で、その健斗なんだが……。確定じゃない、事実かどうかはまだ確認が取れたわけじゃないんだけど……」

高槻が言葉を濁しながら言《い》い淀《よど》む。

「はっきり言え」

川崎亜土夢《かわさきあとむ》が静かに突っ込む。百八十五センチの長身と筋肉質の身体《からだ》、リーゼントの髪型が特徴の強面《こわもて》の生徒だ。中学時代は荒れていたと聞いているが、今まで他人に暴力を振るうなどの不良行為は見たことが無い。素行は至って真面目な生徒と言える。

「死んだ……かもしれない」

「はーい！　質問ー！　なんでそう思ったわけー？」

今度は佐藤優子が明るく言う。この状況でどうして笑顔でいられるのだろうか？

「同じ『魔物使い』である香鈴《かりん》の意見だよ。僕にしてくれた話を皆に頼めるかい？」

前の方に座っていた林《はやし》香鈴。高橋と同じ『魔物使い』の能力持ち。爬虫類系を好んで使役していた高橋とは対照的に、香鈴は獣系、本人曰《いわ》く『モフモフ系』を好み、王都郊外の屋敷で魔獣に囲まれて暮らしている。

「高橋って、アタシと同じテイマーだったじゃん？　だからなんとなく分かるんだけど、基本的にテイムした魔獣との繋《つな》がりって簡単には切れないんだよネ。で、今回暴走した魔獣は厩舎にいた全部でしょ？　こりゃ、アイツ死んだかなーって、そう思っただけだヨ」

佐藤もそうだが、林も相当だ。仮にもクラスメイトが死んだかもしれないのに何とも思っていないようだ。あの四人だったら誰でもそうかもしれないし、正直なところ、いなくなってほっとしている自分もいる。

それに、生徒が死んだのは初めてではない。高橋健斗が死んだのかはまだ分からないが、この世界に来てから魔物に殺されたり、自殺したり、冒険者と揉《も》めて殺されたりと、今まで三人の生徒が亡くなっている。それと、召喚されて暫《しばら》くして行方不明になった生徒が一人。全く知らない世界に連れてこられ、誰にもどうしようもなかった。

「まあ、あくまでもかもしれないって話なわけだけど、皆に集まってもらったのは誰か健斗達がどこに行ったか知らないか聞きたかったのと、彼らに何か起こったかもしれないと伝えたかったんだ」

スマホがあれば、態々《わざわざ》集めなくても済んだことだ。しかし、当然ながらこの世界では使えない。バッテリーも無くなり、充電するすべも無い。大事に持っている生徒も少なくなった。

「あいつ等の居場所は知らない。なんか分かったらまた呼んでくれ」

川崎亜土夢はそう言って部屋から出ていった。釣られて他の面々も知らないと言って会議室を後にする。私も退散したかったが、その前に聞きたいことがあった。

「高槻君、ちょっといいかしら？　探索に行った子達の動向が知りたいのだけれど」

探索に行った子達というのは、一ヶ月前に冒険者となってこの国から『古代遺跡』の探索に行った生徒達のことだ。

「僕のところにはまだ何も。一応、何か分かったら教えて欲しいとは言ってありますが、何かあっても手紙ぐらいしか伝達手段がありませんからね。冒険者ギルドの彼女達の口座に活動資金は振り込んでますし、手紙もギルド経由で送れますから何かあれば伝えることはできますよ？　ただ、日本みたいにすぐにというわけにはいかないでしょうけど」

「そう……ならいいわ、ありがとう」

それだけ聞いて私は部屋を後にし、自分の仕事に戻った。


召喚されてから暫くして、生徒達はこの世界を発展させて住みやすくしようとこの国の王都に残った『王都組』、一日も早く日本に帰ろうと帰還の方法を探している『探索組』、そのどちらも選択していない『中立組』とに分かれていた。

私も『探索組』として日本に帰る手立てを模索したかったが、ついて行っても足を引っ張るだけだと思い、『中立組』としてこの街に留《とど》まっている。いや、正確には生徒が私を必要としていないということが本当のところだ。

しかし、私にもできることはある。私達を召喚という儀式でこの世界に転移させたオブライオン王国に留まり、召喚について調べることだ。

この国には約二百年前に勇者が魔王を倒したという『勇者伝説』がある。この世界の人達には、お伽話《とぎばなし》として伝わっているポピュラーな物語らしいが、私は『女神によって召喚された勇者』という内容が気になっていた。

初めは苦労した。不思議なことに、私達はこの世界の人々と普通に会話はできるが、文字が読めなかった。単語の意味を調べ、文法を理解するまで時間は掛かったが、今ではなんとか本を読むことができるようになった。英語教師として培った知識が一応役に立っている。

そうして苦労しながら、王宮の書庫にある文献を調べる内に、『勇者伝説』は実際にあった話だと確信した。驚くべきことに、二百年前に召喚された勇者の中に日本人がいたことが分かったのだ。それに、これはまだ推測の域を出ないが、恐らくこの世界と地球では時間の流れが違うのかもしれない。

そのことが今、私を悩ませている。

書庫で見つかった文献の中に、日本語のメモ書きがあった。二百年前の日本と言えば、江戸時代後期ぐらいだろう。しかし、記載されていた日本語には、明らかに現代を表す内容が書かれていた。「無線機」や「銃」、「電気」といった単語があったのだ。江戸時代にも「電気」や「銃」はあったかもしれないが、「無線機」はどうだろう？　私には江戸時代の日本人が書いたものとは思えなかった。

加えてもう一つ、その疑惑の原因となるものがあった。遺物として保管されていた『折れた日本刀』の存在だ。勇者の一人が所有していた剣らしいが、刀身の真ん中から折れており、刃こぼれも酷《ひど》くボロボロだった。

日本刀に詳しい白石響に見せたところ、その刀は間違いなく日本で作られたもの、それも博物館で展示されるレベルの高価で貴重な刀ということが分かった。つまり、その刀は現代の愛好家が所有していたものか、大昔の侍が所持していたものの二つの可能性が考えられた。二百年前の勇者達が、私達のように突然召喚されたとしたら、その刀は日常的に帯刀していた侍のものである可能性の方が高い。

その場合、もしメモを残した人物と、日本刀を所持していた人物がそれぞれ別の人間だったとしたら、二百年前の勇者の中には、現代日本人と大昔の侍の両方が存在したということになる。

それが示すのは、過去の勇者達は別々の時代から召喚されたということであり、この世界と地球では時間の流れが同じと限らないということだ。

この謎を解かない限り、仮に日本に帰ることができてもどんな時代に帰るか分からない。方法が分かっても安易に実行するわけにはいかなかった。

このことを生徒達に説明しても、『探索組』の一部以外に真面目に取り合う生徒はいなかった。

そして、月日は流れ、私達は徐々に壊れ始めた。ここは平和な日本と違い、身分の差が激しく、法も整備されていない。権力と暴力で理不尽がまかり通る世界だ。それに、壁に囲まれた街を一歩外に出れば、凶暴で恐ろしい魔物が跋扈《ばっこ》している。逃げ場はどこにもない。抗《あらが》わなければ死が待っている。生徒達は得た能力を使うことに躊躇《ちゅうちょ》することはなかった。

私、志摩恭子はそんな生徒達に守られている。暴力を窘《たしな》める資格などありはしない。今は私にしかできないことをやるだけ。そう自分に言い聞かせ、王宮の書庫で文献を調べる作業に戻った。

◆

国王執務室。

この部屋本来の持ち主を他所《よそ》に、少年達がテーブルを囲み話している。高槻祐樹、九条彰、そして南星也《みなみせいや》の三人だ。テーブルの上には紅茶のカップが三つ。しかし、部屋には三人の他に青年と初老の男が緊張の面持ちで壁際に立っていた。

「隼人、マジで死んだかもねー」

九条が意味あり気に口を開いた。

「どうして分かるんだい？」

そう尋ねたのは高槻だ。

「使えなかった能力が使えるようになった」

「？」

「今まで一部の『能力』は『鑑定』して『強奪《コピー》』しても使えなかったんだけど、突然使えるようになったんだよ。『聖剣』とか。ほら」

九条の手から光り輝く剣が現れた。桐生隼人の聖剣と同じ物だ。

「すごいな。死亡が発動の条件？」

「そうかもしれないし、桐生が能力を失っただけかもしれない。まだ死亡が確認できてないからね」

「能力を失う？　そんなことがあんのか？」

訝《いぶか》し気《げ》な顔で疑問を呈す南。

「分からない。僕らの能力だって地球の理屈じゃ説明できないんだ。それに、クラス全員の『鑑定』ができたわけじゃない。僕らの能力に干渉できる能力を持ってる奴がいるかもしれないよ？」

「クラスの誰かがやったたって言うのか？」

「そこまで言ってないけど、可能性はあるかもね」

「桐生達も色々派手にやってたし、この世界の人間にやられた可能性もある」

「この世界の人間《原始人》に？　あり得ないだろ～」

「この国にはいないみたいだけど、『竜』を討伐できる冒険者もいるって話でしょ？　あんまり甘く見るのは良くないよ？」

「でも、とりあえず桐生達を探させるのは変わらないね。死んでいればボクの能力の確認ができるし、生きていたとしたら、この騒ぎの責任でも取ってもらおう」

「そうだね。結構な数の犠牲者が出てるみたいだから、処刑とかすれば国民は納得するかな？」

「ハハッ！　勇者が処刑されるとか、笑えるな！」

三人は壁際に立っている青年と初老の男を見る。

「桐生隼人、高橋健斗、本庄学、須藤雄一の四人を探せ」

「あ、桐生隼人を優先ね」

「それと、早いとこ王女を見つけろよ」

「「……」」

立っていた二人の男は、この国の若き国王、ウェイン・ケネディ・フォン・オブライオンと宰相のザック・モーデル。二人とも苦虫を噛《か》み潰《つぶ》したような表情をして返事をしようとしない。

パチンッと高槻が指を鳴らす。

「「くっ！　かはっ！　ぐかか……」」

二人同時に首を押さえ、苦しみだした。

「まったく、この国の人間は本当に馬鹿ばかりだな」

「かっ……はっ……た、助け……」

高槻は再度指を鳴らすと、顔を真っ赤にした二人が息を吹き返した。

「「ごはっ　ごほっ　ごほっ　ごほっ……」」

「いいかい？　もうキミ達二人は絶対に必要ってわけじゃないんだ。キミ達を生かしておいた方が効率がいいってだけなんだよ。王女に関しても見つからなければ他の王族の女でもいいんだ。僕らの役に立たないならキミ達はいらない」

涙ぐみながら咽《むせ》ている二人に高槻は冷たい声で言う。

「ほんと原始人共は学ばないな。何度目だよ？　もう腐乱死体《ゾンビ》にでもしちまうか？　ムカつく態度はできなくなるぜ？」

南はニヤニヤして床に這《は》いつくばるウェインとザックを見下ろす。

「『ひぃっ！』」

二人は揃《そろ》って悲鳴を上げ、顔を青褪《あおざ》めさせる。その言葉が脅しではないと知っているからだ。この部屋に紅茶を運んできた侍女も含めて、既に何人もの使用人や騎士が南星也の『死霊術師《ネクロマンサー》』の能力によって不死者《アンデッド》に変えられ、使役されていた。

「『も、申し訳ありません』」

「ほら、分かったならさっさと行きなよ」

二人は揃って頭を下げ、慌てて執務室から出ていった。

「態々、指なんて鳴らさなくてもいいのに」

「演出だよ。演出。雰囲気出るでしょ？」

「しかし、あれがこの国の王様だってんだからな、終わってるぜ」

「無能もいいとこだよ。大体、僕らを召喚したのだって、周辺国との不平等条約を解消したいからって理由だろ？」

「ヤバいよね～　外交問題を他所から来た人間に頼るなんて。文明が遅れてるとかいう問題じゃないよね。魔王を倒したなんて伝説を信じて、ボクらを一騎当千の武力として他国に誇示するとか、一国の為政者が考えることじゃない」

「原始人の考えることなんて、そんなもんだろ？　ま、一騎当千ってのは間違ってねーけどな」

「言うね～　南。そういえば、準備ってできてるの？」

「いつでもいけるぜ。いつやる？」

「すぐにでも。折角《せっかく》、国王を生かしてあるんだ。しばらくは国王の命令って形を取りたい」

「ははっ！　都合の悪いことは全部王様の所為《せい》にして、利益はボクらが得るってわけか」

「当然だろ？　なんせ、ここはもう僕らの国なんだ……不平等条約？　交渉？　そんなダルイことやってたらこの国は破産だよ。もっと効率のいいやり方でやらないと」

「それじゃあ、さっさとお隣さんへ挨拶に行こうか」

「ああ、僕らがこの国を、いや、この世界を支配する」

オブライオン王国。この国は『勇者』の手に落ち、新たに動き出していた。

第三章　始動

【リディーナの話】

レイから治療を受けたリディーナは、早朝、昨日訪れた小川に来ていた。

水面に映るのは、昨日と違い傷一つ無い綺麗《きれい》な顔だ。何度も顔を触り、自分の顔を確かめる。昨晩遅くまで掛かったレイの魔法により、リディーナの顔は以前の美しさを取り戻していた。

（夢じゃない……）

潰れた鼻もそうだが、歯の欠損を再生させるなど普通の回復魔法ではない。人間に比べてそれなりに長く生きてきたリディーナだが、ここまでの回復魔法は故郷においても見たことも聞いたこともなかった。このことは誰にも話すなと念を押されたが、話したところで誰も信じないだろう。

リディーナは顔を洗い、軽く口を濯《すす》いでテントまで戻った。

（彼はまだ寝ているだろうか？）

昨日は治療が終わってすぐにレイは寝てしまった。余程消耗したのだろう。骨折の治療も含めて、全ての怪我《けが》を一日で綺麗に完治させたのだ。消耗していないはずがない。

(何か……お礼をしなきゃ)

リディーナはテントに戻り、置いてあったポットを見つけると、魔法で水を入れ、焚火《たきび》を起こして火にかけた。

レイに対する印象がすっかり変わってしまったリディーナ。昨日までのめちゃくちゃになっていた顔を考えれば、レイの行った行為は一人の女性の考えを変えるには十分過ぎた。

側《そば》にあった紅茶をリディーナが淹《い》れたところで、レイが起きてきた。

『あ、起きたの？　おはよう』

『あ、ああ……』

◆

レイはリディーナの美しさにしばし呆然《ぼうぜん》としていたが、気を取り直し紅茶の入ったカップを口に運ぼうとして手を止める。

『毒なんか入れてないわよ？』

『別にそんなんじゃない。それに、別に毒でも構わん。どうせ効かない』

『どういう意味？』

『……前に毒草で試した。回復魔法の訓練の一環だ』

『呆《あき》れた。なんてことしてるのよ』

レイは冒険者ギルドの資料室でこの森の薬草や毒草の資料を見て、それぞれの効能を自分の身体《からだ》で調べていた。薬草、毒草問わず、軽く齧《かじ》り舌の上に置いて異常が無いか試し、異常が無ければ少量を飲み、更に異変が無いか経過を見る。それを何度も繰り返した。

体調を崩した場合の回復魔法の効果を試すことと、女神が言っていた身体の耐性を調べる為だ。前世のサバイバル訓練でも行われる、食べられる食材を見分ける方法だが、毒草や毒キノコは少量でも命の危険があり、このやり方は通常の方法ではなく、あくまでも緊急時に行う危険な行為だ。

通常はすり潰して皮膚の上に置き調べる方法が安全性が高いが、レイは時間を惜しんで無茶なことをしていた。

様々な毒草を試した結果、レイは毒を飲んでも平気な身体だということが分かった。致死量と言われる量を摂取しても、身体に異常は見られなかった。驚異的だったが、逆に喜べない。毒が効かないということは、薬も効かないからだ。毒物以外で体調を崩した場合でも、この世界の薬草や薬では治すことができない。病気や怪我をした場合、魔法が使えなければ終わりである。

『口元の布、外したら？　顔を見たからって誰にも言わないわよ？』

『……』

暫《しば》し考えた後、レイはフードと口元を隠していた布を取った。らしくない行為だったが、何故《なぜ》かレイはそうしてしまった。

（やだ、かなりの美形だわ。これ程の美形はエルフでもそういない。それに、やっぱり……精霊が憑《つ》いてる。それもあんなに沢山……）

『あまりジロジロ見るな。それより少し話がしたい』

『その前に改めてお礼を言わせて。助けてくれて、怪我も……綺麗に治してくれてありがとう。本当に感謝しきれないわ。御礼は何でも言って。何でもするわ』

そう言って、リディーナは深々と頭を下げた。

『何でもするなんてセリフは迂闊《うかつ》に言うもんじゃない。それに礼は昨日も聞いた。対価もいらない。まあ、元に戻ってなによりだ』

『対価がいらないって、そんな……それじゃ、私の気が済まないわ！』

『いらん。それより、あいつ等に何故追われていたのかが知りたい。聞かせてくれ』

『……わ、分かったわ。少し長くなるけど』

『構わない』

リディーナは納得のいかない顔をしながらも話し始めた。

『私、冒険者なんだけど、故郷を出て、結構長く活動していたの。久しぶりに故郷に帰ったら、妹も冒険者になるって国を出ていたの。ずっと帰ってきてないって両親が言うから心配で探したわ。ようやく手掛かりが見つかったと思ったら、妹は借金奴隷になってて、奴隷商に売られた後だった。

なんとか買い戻そうと、妹が連れていかれたマサラまで行ったの。でも、既にオークションは終わってて、買主を調べたら『勇者』って分かった。勇者と聞いてどんな馬鹿が買ったんだろうって思ったわ。稀《まれ》に人間が『勇者』を騙《かた》ることがあるけど、大抵碌《ろく》なヤツじゃないから……。その『勇者』が泊まってる宿を調べて急いで行ったわ。そしたら部屋で争う声が聞こえて、慌てて部屋に入ったら妹は桐生隼人《アイツ》に殺されてた。怒りで魔法を撃とうとしたけど、何故か発動しなかった。嫌な予感がしてすぐに逃げたけど、あの三人が追ってきた。結構長く森を走って振り切ったと思ったんだけど、まさか飛竜で空から追跡されてたなんて思わなくて……後は知ってるでしょ？』

『そうか。妹さんは残念だったな。結果的に仇討《かたきう》ちを俺がやってしまったわけか。悪かったな』

『いいの。でもありがとう。正直言うと妹って実感がないの。幼い頃は一緒に遊んであげたこともあったけど、私とは血が繋《つな》がってないって知ってからは中々会い難《にく》くなって……薄情よね』

俯《うつむ》きながらそう話すリディーナ。妹が両親との間の子供なら、リディーナは両親とは血の繋がりが無いということになる。つまり、両親というのも義理の両親ということだ。複雑な事情があるのだろうと察するレイだったが、そのことについて詳しく聞くつもりは無かった。

俯き、表情に影を落とすリディーナ。

『しかし、その場で逃げたのはいい判断だったな。四人揃《そろ》ってたらかなり厄介だったはずだ』

『あなた一体何者なの？　どうやって勇者達を？』

『俺が何者かまで言うつもりは無い。それより他の勇者の話は聞いてないか？』

『いえ、アイツらだけよ？　って、他にもいるの？』

『……』

『前回現れた時は十二人だったけど、他にもいるのね？』

『十二人？　四人じゃなかったか？』

『それは人間の国で伝わってる話だわ。エルフの国では二百年前に勇者達と行動した人や当時を知る人がまだ何人も生きてるの。異世界から女神アリアによって召喚された十二人の勇者。当時、突然現れた『魔王』とその軍勢を滅ぼしたけど、生き残った勇者は四人。他にも勇者と一緒に戦った人達が大勢いて、勇者を含めて多くの犠牲者が出てる。人間のお伽話《とぎばなし》は都合の良い部分だけで、魔王に殺された人達の話は削られたのよ』

『魔王ね……』

『まさか、魔王が現れたの？』

『そんな話は知らない。大体、魔王って何だ？』

『それは私にも分からない。当時を知ってる人達も誰も詳しく知らないみたい。ただ、不死者の軍団を率いていたってことだけは分かっているわ。……複数の勇者が現れた。何かの兆候かしら？』

『さあな……』

勇者に関しての情報はこれ以上無いと判断したレイは、話題を切り替える。

（この世界のお伽話は興味深いが、今の勇者とは関係無いな。今は実用的な話がしたい）

『話は変わるが、その剣はどこで手に入れたんだ？』

『いや、本当にガラッと変えるわね。……まあいいわ。ドワーフの国『メルギド』よ？　どうして？』

『いや、この辺の街だと碌な武器が無いもんでな』

『この辺りって……この国でまともな武器なんて王都に行っても無いわよ。あったとしてもとんでもない値段の粗悪品だけよ？』

『何故だ？　いや、メルギド？　ドワーフの国にはあるのか？』

『理由は分からないけど、この国、オブライオン王国への武具や魔導具の輸出は各国が制限してるのよ。たまに緩和されるものもあるみたいだけど、ものすごい税金が掛けられるらしいわ。その所為《せ》《い》で、この国の武具や素材は他所《よそ》の国に比べてかなり劣る物しか流通してないの。他の国なら魔銀《ミスリル》や魔金《オリハルコン》製の武具が普通にあるし、メルギドに行けば高品質な武具が手に入る。ある程度、腕に覚えがある人間なら、一度はメルギドに足を運んでるんじゃないかしら』

（魔銀に魔金!?　ファンタジー定番の金属がこの世界にあるのか！）

この世界の金属について、女神の知識には無かった。ロメルで見聞きした限り、武器に関しては諦めていた。鉄製の武器では身体強化で強化した力に耐えられない。たとえ日本の刀を持ち込めたとしても同じだろう。鉄や鋼程度の強度では魔法で強化した相手や魔物には厳しいと見ていた。戦闘中に折れる可能性のある武器に命を預けるくらいなら素手の方がマシである。

この世界のファンタジー素材はまったく試せていないので分からないが、リディーナの細剣を見る限り期待が持てそうだった。だが、剣以外に気になることをリディーナは言った。

『戦争でも起きるのか？』

武具の輸出を制限するということは、そういうことだ。

『それは無いと思うけど？　だって私が生まれるずっと前からだから、百年近くこんな感じよ？』

（百年？　こいついくつだ？）

『今なんか失礼なこと考えてない？　言っとくけど、私は百も生きてないし、エルフの中では全然若いのよ？』

『……話を戻すぞ。戦争をする気が無いのに武具の流通を制限する理由は何だ？』

『知らないわよ。私はこの国の人間じゃないし、今まで考えたこともなかったわ』

（まあいい。戦争が起ころうが俺には関係ない。寧《むし》ろ仕事はやりやすくなる。無論、勇者達の居場所が全員分かっていればの話だが。しかし、全員ではないが、桐生隼人みたいに能力で強力な武具を生み出せる奴や、刃が通らない身体にできる奴がいる以上、攻撃手段は相当限定される。たとえ銃があってもあの鎧《よろい》を貫通できるか怪しいものだが、せめて刃物ぐらいは身体強化に耐えられるものを手に入れたい）

『そのメルギドって国は、ここから遠いのか？』

『そうね～　オブライオン王国からだと国を一つ跨《また》ぐからかなり遠いわね。普通に行けば、大体二ヶ月ぐらい掛かるかしら？』

二ヶ月。勇者達が召喚された王都へ向かうか、その前に装備を揃えに行くか。しかし、それ以前にレイはこの国からはまだ自由に出国することはできず、密出入国となるがそれは問題ではない。問題は金だ。

『ちなみに、魔銀や魔金製の武具は高いのか？』

『そりゃ高いわよ。安くても金貨百枚からじゃないかしら』

『金貨百……』

日本円換算で一千万円以上。美術品並みの値段である。現代日本の刀鍛冶に依頼しても日本刀なら安ければ十数万、高くとも百万円程で手に入れることができる。米国で銃を買っても数万から十数万円。実戦で使用する剣に携行ミサイル並の金額とはレイの想像を超えていた。

勿論《もちろん》、レイにそんな大金は無い。

何かに気づいたのか、リディーナがニヤニヤしながらレイを見ていた。

『どうした？』

『私が武器のお金を融通してもいいけど～？　メルギドへの案内もしてあげるわよ？』

（コイツ、なんでドヤ顔なんだ？　一体どういうつもりだ？）

『お礼はいらないって言ってたけど、それじゃ私の気が済まないし、気にしないでいいのよ？　こう見えて私、結構お金持ってるし』

『厚意は有難《ありがた》いが結構だ。第一、俺は駆け出しの冒険者で自由に国は出れないしな』

(それに、荷物は調べたが、この女、金なんか持ってなかったはずだ)

『え？　冒険者だったの？　なら話は早いじゃない』

『どういうことだ？』

『言ったでしょ？　私は冒険者だって。これでも一応『B等級』よ？』

『な……に？』

(そういえばコイツの首に冒険者証みたいなのがあった。俺のとは色も形も違って普通の首飾りだと思ってたが……B等級？)

『高等級の冒険者なら移動の制限は無い。私とパーティーを組めば他の国へ自由に行けるわよ』

『そういうもんなのか。講習ではそこまで詳しく聞かなかったな』

『あなたの等級は？』

『……F等級だ』

『なら知らないのも当然か。上の等級の特典はC等級に上がった時に知らされるから、D等級以下は知らなくてもしょうがないわね。というか、あなたの実力でF等級？　昇級試験は受けなかったの？　回復魔法が使えるだけでもD等級に余裕で上がれるのよ？』

『経歴も無いし、ギルドは俺が魔法を使えるのを知らない。今後も言うつもりは無い』

『でも、等級が低いままだと色々不便だし、F等級からC等級に上がるのにこの国では結構時間が掛かるわよ？』

『この国では？　どういう意味だ？』

『この国の環境が大陸で一番温《ぬる》いからよ。魔素が薄い所為で弱い魔物しかいないからなんだけど、他国の冒険者と等級を合わせる為に大体倍くらいの時間と依頼件数が掛かるって聞いてるわ』

（なんてこった。この国そんなハンデがあるのか？　それにしてもこのリディーナ、使える。今のところ女神を含めて、この世界に来て一番情報を持ってる存在だ。この女を連れて武器を調達しに行く……これは迷うな）

『私といれば、自由に移動できて武器も買えるわよ？　どう？　私の「御礼」、受け取ってみる気はない？』

　しばしレイは考える。紅茶はとっくに冷め、空腹も感じているが、メリット、デメリット、リスクを冷静に考え天秤《てんびん》に掛ける。最後に、念の為リディーナに確認する。

『俺は勇者を殺した。いずれ国に追われることになる。それでもいいのか？』

『追われるって誰に？　人間に？　私はエルフ族よ？　人間の国から追われたって、故郷に帰って百年もすれば人間なんて皆忘れるわよ。私は気にならないわ。あなたも何ならエルフの国に来る？私と一緒なら入れるわよ？　多分だけど』

（エルフの時間感覚。そうかそうだよな……。エルフって資料だと寿命が約五百年以上だっけか？人間からすると地元に十〜二十年くらい帰ってる感覚か？　うーん、分からん。だがリディーナに

とっては大したことじゃないんだろう。それにこの女と一緒ならエルフの国に行けるのか。正直興味はあるが、一緒……か)

このままこの街にいても、他国の情報や武器が手に入る可能性はかなり低い。リディーナが勇者達と仲間の線もゼロである。この街で等級を上げる時間で、他国へのルートと武器が手に入る。最初は勇者に繋がる情報が少しでも得られればと思っていたレイだが、予想外の展開になった。

『で、ではお言葉に、あ、甘えてさせてもらおうか、な……?』

(何故、俺はこんな卑屈な態度になってるんだろう?)

『じゃあ、決定ね。……えーと、名前! あなたの名前は?』

『……レイだ。よ、宜《よろ》しく頼む』

『改めて、リディーナよ。これから宜しくね!』

満面の笑みで手を差し出したリディーナに、レイは複雑な思いでその手を握り返した。

【パーティー登録】

どうしてこうなった?

この女、リディーナとは勇者の情報を聞いたら別れるつもりだった。そもそも、ついてくるなんて想像もしてない。なのに、俺は顔を晒《さら》し、名を名乗り、金を出してもらって武器を買う為、ドワーフの国へ案内してもらうことになった。まあ、お願いしたのは俺なんだが……。

勇者を殺し、女を助け、治療したら、ヒモになった。

何を言ってるか分からねーと思うが、俺も何をしているのか分からなかった。

そして、俺とリディーナは今、ロメルの街に戻り冒険者ギルドに向かっている。リディーナは俺の外套《がいとう》を着てフードを深く被り、何故か俺と腕を組んでいる。

地球でのエルフ像とは違う、リディーナのデカイ胸が腕に押し付けられる。俺も男だ。気にならないと言ったらウソになる。

それにこの女、街に入ってから何だか様子がおかしく、妙にテンションが高い。

「おい、くっつくな」

「これからパーティー登録しに冒険者ギルドに行くのよ？」

ちなみに言葉は大陸共通語に切り替えている。リディーナ曰《いわ》く、人間である俺がエルフ語を話せると知られると色々と面倒になるからだそうだ。

「だから何だ？　関係無いだろ」

「か、関係あるわよ！　さっさと登録したいんでしょ？　あんまり余所余所《よそ》しいとバカに付け込まれて絡まれるわよ？　これくらいの距離感なら怪しまれないわ！」

「説得力ありそうで、まったく無い根拠で誤魔化《ごまか》すな」

そうして問答している内に、ギルドのカウンター前まで来てしまった。

「こ、こんにちは。レ、レイ君？　しばらく見かけなかったけど、心配は……いらなかったみたいね。というか、フード、被らない方がお姉さんいいと思う……」

いつも淡々としていた受付の頬が赤い。何が「お姉さんいいと思う」だ。これだから容姿の良い顔は嫌なんだ。殺し屋が印象に残る顔してどうする。

「……パーティー登録をしたいんだが」

「あ、ごめんなさい！　えーと、ひょっとして隣の人と？」

受付がチラリとリディーナを訝《いぶか》し気《げ》に見る。リディーナは外套のフードを取り、顔を見せた。周囲の冒険者達が二度見するようにこちらに視線を向けだした。この国ではエルフは勿論、亜人自体を見たことがないから珍しいのだろう。それにリディーナはかなりの美人だ。目立って仕方ないのでさっさと出たい。

「そうよ？　はいこれ冒険者証」

リディーナが自分の銀の冒険者証を見せる。どうやらC等級から冒険者証の素材と形が変わるようだ。C等級が銅、B等級が銀、A等級が金でできたタグに変わり形状も違う。D等級以下は全て鉄で形もただの板だ。色と形が派手になるのは冒険者同士のトラブル防止の為らしい。相手が高等級と知らずに揉《も》める事案が昔は多かったらしくこう変わったんだとか。アホらしい。

「び、B等級！　……よ、宜しいのですか？」

「宜しいわよ。どうせ受注のことでしょ？　構わないわ」

「ご承知でしたら問題ありません。ではすぐに用紙を用意します」

受付は驚いた表情で慌てて机の引き出しを開ける。

「どういうことだ？」

「私がレイとパーティーを組んだら受けられる依頼の等級が下がるのよ」

「いいのか？」

「別に？　どうせレイならすぐに等級が上がるでしょ？　それに依頼を受けなくてもお金に困ってないし」

「あまり期待されてもな。等級には興味が無いし、今後上げるか分からんぞ？　元々C等級に上がって、移動の自由が欲しかっただけだしな」

「そうなの？　でも、C等級からは色んな特典があって便利よ？　お金や荷物もギルドに預けられるし……あ、私お金をおろさなきゃ」

「おい！　寄生野郎！」

リディーナの話を遮るように少年が声を掛けてきた。

「ん？」

「お前だよ！　黒髪のお前！」

「俺のことか？　なんだ？」

「なんだじゃねーよ！　お前知ってるぞ！　F等級がB等級になに寄生してんだよ！」

身なりの良い金髪の少年が絡んでくる。前に見た記憶がある。初期講習で一緒の部屋にいた奴だ。後ろの取り巻きも同じ部屋にいた連中だな。

「ちょっと、アナタ何？　失礼よ？」

リディーナが制止するが、少年はお構いなしに続ける。

「エ、エルフの美しいお姉さん、貴方《あなた》はきっと騙《だま》されてるのでしょう？　ですが、もう心配は無用です！　私はマルティン男爵家の四男、マルコ・マルティンと申します。貴方のような美しい人は、このような小汚い平民には相応《ふさわ》しくない！」

顔を赤くしながら盛大に的外れな物言いを放つ少年。講習に一緒にいた取り巻きの少年達も後ろで偉そうに頷《うなず》いている。

（貴族……か）

リディーナはゴミでも見るような冷たい視線を少年に向けている。

（これがテンプレってヤツか。実際に遭遇するとイラッとするな。だが、ここは無視一択。さっさと登録して街を出よう）

「すまんが早く用紙をくれないか？」

唖然《あぜん》としている受付に用紙を催促する。

「は、はい！　ただいま！」

慌てて用紙を出す受付。

「あっ、私が書くわ！」

リディーナも少年を無視して出された用紙に手を伸ばした。

顔を更に真っ赤にしてプルプル震える少年に対し、周囲の冒険者達は見せ物でも見るようにニヤニヤしながら様子を窺《うかが》っている。

「おい、貴様っ！　無視するな！　不敬だぞっ！　僕はマルティン男爵家の四男だぞ？」

受付の目が少年の言葉にピクリと反応する。

「パーティー名はどうしようかしら？」

「なんだそれ？　いるのか？」

「パーティー名は必須です。依頼によっては複数パーティーでの合同もありますので。個人名単体やあまり長い名前でなければ何でも結構です」

受付も少年を無視して対応してくれる。慣れてる感じだ。

「じゃあ『愛の戦士達』でお願――」

「待て。なんだそれは。なにが愛だ。却下だ」

「それなら『レイ&リディ、ラブペアーズ』で」

「待て待て待て！　どういうセンスしてんだ？　個人名はダメだとさっき言われたろ？　いや、それ以前の問題だ。なんだラブって」

「連名なら、いけます！」

「おい、お姉さん、正気で言ってんのか？　アンタもセンスがヤバいぞ？　もういい。俺が書く」

用紙をリディーナから奪い、さっさと記入する。

何故か落ち込んでいる受付。冗談じゃなく本気だったっぽい。

ヒュッ
横から何かが飛んできたが、さっと避《よ》ける。

「避けるなっ！　決闘だぞ！　貴様――」

少年は周りの冒険者に取り押さえられ、ずるずる引《ひ》き摺《ず》られていった。飛んできたのは手袋だったようだ。

『レイブンクロー』？」

(貴族のテンプレ。ホントに投げるんだな)

リディーナが、俺の書いた用紙を見て呟《つぶや》く。

「俺の名前の由来だ。国にいる黒い鳥のことだ」

正確には傭兵《ようへい》時代に俺がいた部隊名だ。とっくの昔に無くなったが……。

「ふーん、いいじゃない。それにしてもレイの国か～」

「……登録は済んだ。行くぞ」

「ちょっと待って、私お金をおろしたいわ」

「後日にしろ。金はある」

リディーナを連れてさっさとギルドを出る。チラリと少年を見ると、どうやら大人の冒険者達に窘《たしな》められているようだ。

(やれやれ……)

◆

「さて、出発するか」

「え？」

「えって何だ？」

「もうお昼よ？」

「だから？　いやそうだな、メシを食ってから出るか」

「そうじゃなくて、今日は旅の準備で出発は明日でしょ普通。大体、歩いて行くつもりなの？」

「……」

(何だ？　何か変なこと言ったか？　普通？)

「一応聞くけど、馬って知ってるわよね？」

「馬鹿にしてるのか？　当然知ってる……乗ったことは無いが」

「えーと、まあいいわ。先に宿、次に馬の手配。後は食料と野営装備ね。私の服も欲しいし……」

リディーナは歩きながら旅に必要なものを挙げていく。

「宿か……」

「私、お風呂に入りたいわ」

「高いぞ？」

「やっぱりギルドでお金おろしてくるわね」

「いや、いい、大丈夫だ。本当に金はある。今日ぐらい贅沢《ぜいたく》してもいいだろう」

風呂付きの宿は以前調べてあった。一泊金貨一枚もする。日本の物価換算で約十万円だ。気軽に泊まれる値段じゃない。まあ、今日でこの街は最後だし、明日から野営することを考えればゆっくり休むのも悪くない。臨時収入《ガキ共の金》も入って懐に余裕はあるしな。

そう言えば、ベースキャンプの荷物はどうするか。特に重要なものは……魔石があった。今夜あたりに取りに行くか。

◆

「離せっ！　お前も不敬だぞっ！」

一方、冒険者ギルドでは先程の少年が他の冒険者達に窘められていた。

「まあまあ、まずは落ち着け」

「うるさいっ！　ボクはマルティン男爵家の――」

「坊ちゃんよ。冒険者同士で『貴族』を出すのは厳禁だぜ？　いくら新米でも規約《ルール》は知ってるよな？　しかもここはギルドの中だ。実家に迷惑掛けてーのかよ」

「うっ」

冒険者ギルドでは身分を利用しての強要や恫喝《どうかつ》は厳罰に処される。平民の冒険者や職員に対し、身分を笠《かさ》に着て強引に事を進める貴族家出身の冒険者は度々現れるが、冒険者ギルドは都度、厳しい処分を行っている。過去には領地にある支部を引き上げられ、魔物への対処が遅れたり、冒険者がもたらす魔石や素材などの流通が滞り困窮に屈した領主の例もある。

先程の少年の言いがかりは、まさにこれにあたり、男爵家の名前を出した以上、実家にも処罰が及ぶことになる。

「あの場で俺達が出なけりゃ拙《まず》かったぞ？　でもまあ、お前さんの気持ちは分かるぜ」

「あんな新米のガキが、高等級の、しかもあんな上玉のエルフと釣り合うわけがねぇ」

「恐らくあのガキに弱みでも握られてんだろうが、助けてやりてぇよな～？」

いかにもベテラン風の冒険者達に囲まれ、少年は諭される。

「そ、そのとおりだ！　何か卑怯《ひきょう》なことをしてるに決まってる！」

「そうそう。なら助けてやらなきゃな～。まあ、ここじゃなんだから場所を変えて詳しく話そうぜ？」

「わ、分かった」

少年は取り巻きを引き連れ、ベテラン冒険者達とギルドから出ていった。

【旅の準備】

リディーナが風呂付きの宿を希望したので、以前調べてあった一泊金貨一枚の高級宿に俺とリディーナは来ていた。そして揉めている。

「どうして？　ダブル一部屋でいいじゃない！」

「いいわけあるかっ！　シングル二部屋だ！」

このやり取りに、困惑中の受付の若い女。心なしか俺への視線がキツい気がする。

問答の末、シングル二部屋で決着したが、とても疲れた。

一緒の部屋なんかに泊まって関係が深くなるのは避けたい。今は色恋する気などない。確かにリディーナは美人だ。俺も男だし、人並みの性欲はある。今のところ性欲が我慢できないということは無いが、なるべく情欲に駆られるような状況は避けたかった。

宿を確保した後は馬の確保だ。宿の受付に馬屋の場所を聞いて向かう。何やらリディーナが落ち込んでるが無視だ。

馬屋に着いたが、ここではリディーナの言いなりになるしかなかった。俺に乗馬を教える為、借りるのは馬一頭でタンデムするという意見に反論できなかった。俺が乗れるようになったら次の街で二頭借りるつもりだ。

馬や馬車を借りたまま国外には出られない。馬は街から街への移動でその都度返却し、次の場所に向かう場合は借り直す必要がある。言うまでもなく馬は生き物であり、管理や世話が必要だからだ。長期間の旅になる場合は、自前で用意し自分達で世話をしなくてはならない。

基本的に平民は国外や領地外への移動は自由にできない。ただし、冒険者だけは例外でC等級以上の冒険者は自由に移動ができる。街に滞在中はその国の税や法律の適用を受けるが原則自由だ。

これは、魔物による被害に対応する為、優秀な冒険者を円滑に招集、移動させる為の措置で、大陸共通の決め事らしい。強力な魔物が出現して街が襲われた場合、役所を通して許可を申請していては優秀な冒険者が間に合わず、被害が拡大するからだろう。

勿論、街には衛兵や騎士が駐在しているが、冒険者を使うのはその方が低コストだからと思われる。正規兵より傭兵を使った方が安く済むのと一緒だ。

しかしながら、冒険者は移動が自由な代わりに、個人情報をギルド間で共有される。ギルドは定期的に『ギルド便』と呼ばれる定期荷馬車を運行させており、素材や情報、貨幣などを常に動かして共有している。冒険者が罪を犯して逃げた場合、他国で別人になりすますことができないようになっている。初期に登録した『魔水晶』で個人情報が共有されており、実質不可能らしい。

一人一人の魔力に個人を識別できる程の差があるのをこの時初めて知った。

明日の朝に馬を借りる手配を済ませて、後は野営装備の購入だ。昼食は先にリディーナの服を購入してから食べようということになり、今は服屋に来ている。

そう、俺が初日に服を失敬したあの服屋だ。

だが、失敗したかもしれない。店員がジト目で見てくる。証拠は無いので特に何も言われなかったが、気まずい思いをした。

申し訳なかったので、俺とリディーナの服を一式で買い揃え、着ていた服は店に置いてきた。中古の買取として代金を差し引きしようとされたので、勿論断った。リディーナは不思議そうな顔をしていたが、スルーだ。聞くな。

俺達はフード付きの外套を羽織り、昼食にしようと小洒落《こじゃれ》た店に入る。個室のあるところが良かったので、少々料金が高いがここを選んだ。給仕が水とメニューを持ってきた。日本では当たり前のことだが、この世界では珍しい。水はどこも有料だし、メニューは壁に書いてあるのが普通だ。紙は高級品なので平民相手の店では使わない。

俺もリディーナも出された水には手を付けずに別で飲み物を頼む。俺は緊急時以外、基本的に生水は飲まないからだが、リディーナは何故だろう？　この世界の住人なはずだ。そう思って聞いてみたら、精霊が綺麗な水かどうか教えてくれるらしい。便利なもんだ。

出された水はこの街では標準的な井戸水だ。確かに日本の水道水と比べてお世辞にも綺麗な水とは言えない。日本で育った人間が飲めば一発で腹を壊すだろう。だが、決して飲めない水ではない。現にここで暮らしている住人達に害は出ていない。水が汚いわけではなく、現代人が無菌に慣れ過ぎている所為だ。

リディーナはメニューにある肉料理を注文した。

「エルフも肉を食べるんだな」

前世で見た小説の印象で、エルフはベジタリアンだと思っていた。

「そうね〜　珍しいかもね。私は肉、好きよ？」

他のエルフはイメージのとおり野菜メインの食生活で、肉が好きな者は珍しいらしい。

俺も同じものを注文し、スープとパンも二人で同じものを頼んだ。パンは普段食べているものと違い柔らかく、スープもコンソメを思わせるような出汁《だし》がきいていて中々旨《うま》かった。この世界も金さえ払えばまともなモノが食えるみたいだ。

食後に紅茶を頼み、しばしゆっくりした時間が流れる。個室には窓ガラスがはめられており、窓から行き交う人々の姿が見える。

俺が街の人々を見ていると、リディーナがジッとこちらを見ていたことに気づいた。

「どうした？」

「レイってもしかして異世界人？」

ブホッ

迂闊にも紅茶を吹き出してしまった。普段は滅多《めった》に動揺などしないが、あまりに核心を突かれ過ぎた。惚《とぼ》けるにしても、全く想定してないことに関して言い当てられれば動揺する。

ゲホッゲホッゲホッ

「ちょっと、やだ！　大丈夫？」

リディーナが慌ててハンカチで拭いてくれる。

「な、何故……」

「何故って、アナタが何者かなんて、ずっと考えてたわよ？　最初はどこかの貴族かと思ったけど、馬に乗ったことない貴族なんて聞いたことないし、見た目に反して妙に大人びてるし、回復魔法は常識外れだし……」

「ただの平民の田舎者だ」

「ナイフとフォーク、そんなに上手に使って食べる平民いないわよ？　平民なら大抵、フォークで刺して齧り付くわ。田舎者なら手摑《てづか》みよ？」

「……」

「まあ、レイが異世界人なんじゃないかって思った一番の理由は、レイの回りにいる精霊なんだけどね」

「精霊？」

「森で治療を受けた時から思ってたけど、私が知る限りの全属性の精霊がいるの。中には初めて見た精霊もいるわ。それも、まるで従うようにね。そんなのエルフでも見たことない。複数の精霊に好かれるのはエルフでもいるけど、相反する精霊が一緒にいるのはあり得ないのよ。特に火と水、光と闇の精霊が一緒にいるなんて……」

「そう言われてもな」

「第一、この国の人間じゃないのに、馬も含めて旅に関して知らな過ぎるってどう考えてもおかしいじゃない。この国へどうやって来たのよ？　空でも飛んできたわけ？」

「……」

「まさかホントに飛んできたの？」

「そんなわけないだろ」

「正直、レイが異世界人でも何者でも、何処《どこ》から来たかなんてどうでもいいの。ただ、メルギドまで二ヶ月以上掛かるのよ？　一緒に旅する以上、お互いの常識の違いなんかは埋めておきたいだけなの」

（ごもっとも）

確かに一緒に旅をするのに素性の知れない者とは不安だろう。逆だったら当然俺もそう思う。

では、素性を隠したままリディーナと別れ、武器を諦めるか？　素手と魔法だけで勇者達全員を殺せるか？　不可能じゃないと思うが、選択肢は多い方がいい。それに、自力でメルギドまで行けても買う金が無い。盗むという手もあるが、なるべく避けたい。銃やナイフと違い、刀剣類は職人による定期的なメンテナンスが必須だ。狭いコミュニティー内で盗みを働けば、職人達を敵に回す。そうなれば高価な武器を使い捨てることになり、再度手に入れることもできなくなる。

裏も無く、他国を案内してくれて、資金も出してくれるリディーナの存在は貴重だ。

リディーナにメルギドまで案内してもらうと決めた時、俺の素性、この世界の人間じゃないことがバレる可能性は当然考えていた。ただ、ちょっと早過ぎる。この女、鋭くないか？

「ちなみに『異世界人』って言葉、人間の国ではあんまり知られてないから、さらっと流さない方がいいわよ？」

「あっそ」

悪足掻《わるあが》きは無駄のようだ。

「分かった。俺のことを話す。だが、ここではダメだ。宿に帰ってから話す」

最後に雑貨屋で野営に必要なものをリディーナにお任せで揃えてから、俺達は宿に帰った。


【告白】


俺とリディーナは、確保した宿の部屋に場所を移した。

リディーナが紅茶の準備をしている間、俺はリディーナに何処まで話すかを考えていた。

（異世界人か……。リディーナには別の世界から来た人間というものに対して、信じられないというより、過去に存在していた事実としての認識があるのだろう。あまり曖昧な説明で逃れるよりは、リディーナが言うように今後の旅路を円滑に進める為にも正直に言うべきか。逆に正直に言うことで、この世界のことを聞きやすくなると思えば、きちんと話した方がいいかもしれない）

「はい、お茶淹れたわよ」

リディーナが紅茶のカップを二つ持ってテーブルに戻ってきた。

「じゃあ、話してくれるかしら？」

「その前に、このことは他言無用で頼む。話を聞いた後で一緒には行けないと判断したならそれでも構わない。メルギドの場所と行き方だけ教えてくれればいい」

「分かったわ。約束する」

そうして、俺はリディーナに話し始めた。

こことは違う世界で生まれて病気で死んだこと。前世では殺しを生業にし、兵士としても活動していたこと。女神アリアに依頼され、この世界で暴走している勇者を殺しに来たこと。今の肉体は女神に与えられたもので、前世では四十年以上生きていたこと。この世界に来てからまだ一ヶ月程で、女神から与えられた知識はあるものの、この世界の常識や文化はあまり分からないことを正直に話した。

「私を助けてくれたのも、依頼だったのね」

「少し違う。あの場にいたのは偶然だ。正直に言うと、襲ってた奴らが『勇者』じゃなかったら助けてたか分からない」

自分の怪我を治す実験だったとは言わないでおく。

「幻滅したか？」

「でも、襲われたところを助けてくれたし、怪我も綺麗に治してくれたじゃない。感謝してるのは変わらないわ。それに色々納得できた。精霊に関しても女神様が与えた身体なら当然と思えるわね。回復魔法のことも納得。女神様から魔法の力も頂いたんでしょう？」

「いや、魔法の知識は抽象的なことばかりで、具体的な発動方法なんかは無かった。魔法に必要な呪文も知識に無い。ほぼ独学だ」

「嘘《うそ》でしょ？　独学って……おかしいわよ絶対！　無詠唱なんかも独学だっていうの？」

「魔法の話は長くなりそうだから後でゆっくり教えるが、俺がいた世界の知識も応用してる」

「それは、是非後でゆっくり聞きたいわね」

それからしばらくリディーナに質問攻めにあったが、答えられるものは全て答えた。万一、リディーナが勇者達に捕らえられて俺のことを話されても困ることはあまり無い。勇者達が自分達に暗殺者を差し向けられたことを知るくらいだが、それはいずれ知られることだ。

「他に聞きたいことは？」

「家族はいるの？」

「いない。父親は元々いなかったし、母親は子供の頃に死んだ。兄弟もいない。親戚の存在は調べてないから分からない。いたとしても面識は無いからいないも同然だ」

「け、け、結婚とか……こ、こ、こ、恋人とか……は？」

「ずっと独身だ。特定の恋人も作らなかった」

「……勇者を殺したら、向こうに帰るの？」

「それは考えてなかった。だが、帰れたとしても帰るつもりはないな」

「そう……。後は……勇者は何人いるの？」

「全員で三十二人。俺が四人殺したからあと二十八、いや、確かこっちに来て三人が死んで、一人が行方不明になったと高橋から聞いてるから残りは二十四人＋一人ってとこか」

「そんなに！　やっぱり魔王が現れたのかしら……」

「いや、この国が勝手に召喚したらしい。聖女も殺されて女神がカンカンだ」

「聖女を？　なんて恐れ知らずな」

「しかも何人かは、リディーナを襲った奴らより厄介な能力があるらしい。俺が武器を求める理由が分かっただろう？」

「確かに。でも、いくら魔金の武器でもあの硬いヤツに通用するかは分からないわよ？　私の細剣、魔銀製だけど、傷一つ付けられなかったわ」

「それについては、今練習している魔法でなんとかなる。隙を作ったり、牽制《けんせい》の為にも頑丈な武器が欲しい。鉄や鋼程度じゃ身体強化に耐えられないからな。魔法主体と思わせたくないのもあるし、手数は多い方がいい」

「レイの使う魔法についても色々聞きたいけど、それは後でいいわ。それより、勝てるの？　アイツらみたいな奴に」

「まだ知らない能力があるからそれ次第だが、能力が分かれば対策は打てる。世の中、完全無欠なんて存在しない。人間、疲れもするし、腹も減る、眠くもなる。空気を吸わずに人は生きていけない。何も剣と魔法で戦うだけが殺す手段じゃない。それに能力を使ってなきゃ、ただの人だ。やれるさ」

「不死者は疲れないし、お腹《なか》も減らないし、寝ないわよ？　呼吸も多分してないし」

「……。でも弱点があるだろ？　大丈夫だ」

「フフッ　なら大丈夫ね」

笑顔で紅茶を口に運ぶリディーナ。

「俺に付き合う必要は無い。妹のことも親に報告しなきゃならんだろ？」

「勿論、報告はするわよ？　でも、国に帰るのは後でいいわ。先にメルギドに行きましょ」

「メルギドまでは二ヶ月もかかるんだろ？　いいのか？」

「たった二ヶ月でしょ？　すぐじゃない」

(このエルフの時間感覚、まったく理解できん)

「どうしてだ。何故そこまでする？」

「分からない。確かに助けてもらったお礼をしなきゃって気持ちもあるけど、レイと一緒に行動すべきって強く思うの。勘、みたいなものだけど、結構当たるのよ？　エルフの勘」

(確かにど真ん中に当たったよ。異世界人ってのは勘で当てられるレベルじゃないと思うが……)

「それに、そんなに精霊に囲まれてる人間なんて見たことないもの。すごく興味あるわ！」

「あっそ」

「素っ気ないわね……大体、レイ一人でメルギドに行ってもまともな武器を売ってくれるか分からないわよ？」

「何故だ？」

「手を見せて。話を聞いて納得したけど、綺麗な手よね。とても武器を握ってる手じゃないわ」

「……確かに」

「ドワーフって職人気質《かたぎ》が強くて、すごく頑固なの。レイが一人で行って武器をくれって言ったら、金槌《かなづち》飛んでくるわよ？　素人《しろうと》に売る武器は無《ね》ぇ！　なんてね。私がいれば、私の細剣を打った人がまだ生きてると思うから口利きできるわ」

失念してた。剣を握ってれば手のひらに独特な厚みができるし、銃を使い慣れた者の手には独特のタコができる。見る者が見れば日常的に銃を扱う人間だと分かる。自分の素性や力量がバレるのを防ぐ為、前世ではなるべく手のケアは怠らないようにしていたが、見る者が見れば戦いに慣れた者だと看破される。

しかし、今は逆に、俺の手は真っ新《まっさら》だ。熟練した鍛冶職人に軽く見られても仕方ない。金さえ出せば売ってくれる物もあると思うが、ある程度の実力を示さなければ、本物は売ってくれない。

これは日本の刀匠に対しても同じことが言える。昔、師匠《ジジイ》に紹介された刀匠も、初めは刀を打ってもらえなかった。「木刀でも振ってろ」と冷たくあしらわれたのを覚えている。メルギドでも同じことが起こると想像できる。

（それにしてもリディーナのヤツ、結構観察力も鋭いな。B等級冒険者か……中々侮れん）

「レイは、どんな武器が欲しいの？」

「できれば、刀。と言っても分からんか……反りが入った片刃の曲刀、刃の長さは七十センチ以下で重さは二キロ以下の剣が欲しい」

ちなみにこの世界はメートル法だ。共通語と一緒に大陸で統一されている。後に知ったが、過去の勇者達が広めたらしい。

「カタナ……もしかして、ニホントウってヤツかしら？」

「知ってるのか？」

「二百年前の勇者の一人が使っていた武器が、確かそんな名前だったのよね。ニホントウならメルギドでも見たことがあるわ。当時、同じような剣が沢山作られたらしいけど、使いこなせる人がいなくて全然広まらなかったたって聞いたことがあるわ」

これは期待してしまう。最悪、特注しようかと思ったが、どれだけ時間と金が掛かるか分からない。それに刀を使うのはリスクもある。この世界に存在しない日本刀を持っていれば、俺が日本人、異世界人だと宣伝するようなものだ。だが、この世界に存在するモノなら問題無い。

「レイは剣が使えるの？　あれだけ回復魔法が凄《すご》いのに剣術もなんて、規格外にも程があるわね」

「魔法はこっちに来て初めて使うが、剣は前世で嗜んでいた。体術の次に剣は使える」

「えっ？　こっち来てからって、向こうの世界では魔法を使ってなかったの？」

「前にいた世界では魔法は無かった。そもそも魔素があるかも怪しい。魔物もいないしな」

「嘘でしょ？　魔素が無い？」

「多分な。少なくとも植物や動物に影響を与える濃度は無い。リディーナのような亜人もいない。人間同士で常に戦争してる。こっちと違って対人戦闘に特化した技術が主流だ。剣術も弓術も向こうじゃ廃れた技術で『銃』という武器を使った戦闘が主流だな」

「ジュウ？」

「火薬を使って鉛の弾丸を発射する武器だ。弓より強力で誰でも扱える」

「よく分からないけど、火薬ならこっちにもあるわよ？」

「火薬があるのか？」

「メルギドで見たことあるわ。凄いわよね、あれ。『爆発』って言うんでしょ？　音が煩《うるさ》くて、私はあまり好きじゃないけど」

（これは是が非でもメルギドに行かねばならんな）

夕食を部屋に運んでもらい二人で食べた後、リディーナを自分の部屋に戻す。しつこく居座ろうとしてたが、風呂に入って早く寝ろと追い出した。

これから時間はたっぷりあるんだ。話はいつでもできる。

俺は風呂に入る前にベースキャンプに置いてある魔石を回収しに光学迷彩を掛けて街を出た。

小鬼《ゴブリン》や大狼《ダイアウルフ》なんかの魔石は別にいいが、飛竜の魔石だけは回収しておきたかった。価値があるからというより、この辺りに飛竜の出没情報は無いからだ。魔石が誰かに見つかれば騒ぎになる。すぐに桐生達に繋がるものではないが、手掛かりを残すようなことはしたくない。キャンプの痕跡も消しておきたかった。

俺は街を出て、探知魔法を展開しながらキャンプまで走って向かった。

【トラウマと襲撃】

深夜。

ベースキャンプ近くの森で、俺は静かに座禅を組み、頭の中でシミュレーションしていた。

桐生隼人、本庄学、須藤雄一、高橋健斗。

昼間、リディーナには勝てると言ったが、奴らが能力をフルに使用してまともに戦った場合の勝率は大分低かった。

（このままじゃ拙いな）

聖剣と聖鎧《せいがい》、魔法無効、物理無効、使役魔獣……。正直、一対一なら問題無い。問題は徒党を組んで連携して襲ってきた場合だ。聞き出した他の勇者の能力も、組み合わせによっては攻略の糸口が見つからないものもある。やはり、一人一人個別に殺していくしかない。

だが、情報が足りない現状では勇者を全員始末するのは厳しい。近代兵器や装備を持ち込めていればすぐに片が付く案件なのがもどかしい。

当面、できることは魔法をモノにすること。前世の戦闘経験から魔法で再現できそうなものをモノにし手札を増やすことだ。

魔法、魔力というものは自由度が高い。その半面、魔力を練ったり、イメージを固定するのに時間が掛かり、魔力量の調整はシビアだ。少し前、森で遭遇した竜に放った魔法のように、制御できねば自ら放った魔法で死ぬことになる。そんなマヌケな死に方はごめんだ。

冒険者の中にも魔術師はいるが、前衛に守られながら安全な後方から魔法を放つというのがセオリーだ。単独の戦闘で魔法を使えば大きな隙を晒すことになる。まだまだ練度を上げねばならない。

理想は息を吐くように魔法を繰り出すこと。手足を動かすように火球を生み、風刃で薙《な》ぐこと。前世で嗜んだ『新宮流』の型をゆっくり行いながら、同時に魔力とイメージを型に練り込む。

何度も同じ動作を繰り返し、型に魔力を融合させる。

初めは身体強化魔法を施しながら別の魔法を行使するのは困難だった。寝る時以外、身体強化を常時展開し続け、ようやく自然にできるようになった。

身体強化は使用する魔力の増減で強化の段階を調節できるが、全魔力の三割の投入が限界だ。それ以上強化すれば、使用後の肉体に深刻なダメージが出る。だが、三割以下の魔力量でも、鉄製の武器では使用に耐えられない。メルギドに行けば、耐えられる武器が見つかると信じたい。

肉体の鍛錬を終えた後は、魔法の研究だ。女神の知識にある魔法は一通りできるようにはなっておきたい。前世で扱い、知識として持っている近代兵器のイメージを魔法で発現できないかを試行錯誤していく。

◆

鍛錬と魔法の練習を終え、魔石の回収とベースキャンプの後始末から宿に戻ると、誰もいないはずの自分の部屋から人の気配がした。

ドアノブをそっと回すと鍵が掛かっていない。

腰にある短剣を抜き、気配を消して静かに部屋に入る。探知魔法を展開すると、部屋の隅に人の反応。侵入者は一人だ。

だが、侵入者の姿を見て警戒を解いた。

「リディーナ、何してる？」

毛布を被り、部屋の隅でしゃがんでいるリディーナ。顔が青く、震えている。

「どうした？　何があった？」

「……どこに行ってたの？」

「森だ。キャンプに置いてきた魔石の回収と痕跡を消してきた。それよりどうやって入った？　鍵は掛けてたはずだが？」

「……風魔法で開けたわ」

(便利だな)

「ごめんなさい……怖いの。一人がこんなに怖いなんて初めてなの……ごめんなさい……ごめんなさい……ごめんなさい……」

毛布に包《くる》まりながら、細剣を抱きしめ涙を流すリディーナ。

(……ＰＴＳＤ、心的外傷後ストレス障害か)

リディーナが勇者達に襲われてそれ程時間は経《た》っていない。死にかける体験をしたんだ。怪我が治っても心に刻まれた恐怖はそう簡単に拭えない。思えば今日一日妙だった。腕を組んできたり、やたらテンションが高かった。素なのかと思ったが、無意識に恐怖を押さえ込んでいたのかもしれない。

ＰＴＳＤは何も心が弱いからなるわけじゃない。歴戦の兵士でも誰でもなり得る。戦場に限らず、

災害に遭うなど死に直面した状況を体験することで、後にフラッシュバックして不安や不眠、動悸《どうき》が乱れたりする。

部屋に戻り、一人になってあの時の恐怖が蘇《よみがえ》ったのだろう。

正直、俺には症状の知識はあっても治療に関しては殆《ほとん》ど分からない。傭兵仲間で同じような症状を見たことがあるが、その多くは稼業を引退し、その後会うことも無かった。

俺は毛布に包まるリディーナにそっと近づき、回復魔法を掛けてやった。

「安心しろリディーナ。大丈夫、大丈夫だ……」

回復魔法には精神的な疾患を癒やす効果はない。安心させる為にそうした。これが正解かは分からなかったが、リディーナが助かった状況と同じ状況を再現して落ち着かせるぐらいしか思いつかなかった。

しがみつくように項垂《うなだ》れてくるリディーナ。

落ち着いてきたリディーナをベッドに運んでやり、俺は横の椅子に腰掛けた。回復魔法はまだ掛け続けている。手を握り毛布をそっと掛けてやる。

「もう寝ろ」

リディーナが寝息を立てるまで、ずっと手を握ってやった。

（若返った所為か、甘くなったな。俺も）

まだ、治療は終わってない……か。柄にもない、そう自分で思ったが不思議と面倒だとは思わなかった。なんとかしてやりたい、何故だか分からなかったがそう思えた。

リディーナの寝顔を見ながら側に腰掛け、俺も外套を羽織って目を閉じた。


翌朝。

俺とリディーナは何事もなかったように朝食を食べ、宿を出た。馬屋で手配した馬を借り、荷物を馬に括《くく》り付《つ》けて出発する。前にはリディーナ、後ろに俺が乗る。

城門でリディーナが冒険者証を衛兵に見せ、そのまま街を出た。

「……昨日はありがと」

前を見ながらリディーナが呟く。

「気にするな。怖くなったらまた言え。側にいてやる」

リディーナの耳が後ろからでも分かる程に真っ赤になった。

「勘違いするな。治療だ、治療！　それより、やっぱりC等級以上が欲しくなった」

「ど、どうしたの？　急に」

「いや、いつもと違って城門を通過するのが早かったからな」

薬草採取の依頼で街の外に出入りする時は、城門の衛兵に色々聞かれたりして面倒だった。それが今回、リディーナの冒険者証を見せただけで、何も言わずに門を通されたのだ。

「それはそうよ。C等級ならともかく、B等級よ私。そこらの兵士に止められるわけないじゃない」

「そういうもんなのか？」

「うーん、なんて言えばいいかしら。B等級以上の冒険者の場合、野盗の討伐とか高ランクの魔物の討伐なんかの、普通は衛兵や騎士の派遣が妥当な案件をこなすのよ。B等級と知って難癖付けたり、絡んだりするような馬鹿な衛兵はいないわ」

「昨日、ギルドで絡まれたじゃないか」

「あれは私じゃなくて、F等級のレイがでしょ？」

「なら、俺もB等級まで上げるかな。面倒が無くていい」

「フフフ、頑張って♪」

暫《しばら》く街道を進むと、一面に麦に似た植物が植えられた畑が見えてきた。穂先に実はあるが、青々している。麦と同じような作物なら収穫はまだ先だろう。

のどかな風景だ。馬の振動も合わさって穏やかな空気が流れる。

「今更聞くのもなんだが、どこに向かってるんだ？」

「自由都市マサラよ」

「……桐生隼人達が滞在してた街か。確かに勇者の手掛かりがあるかもしれないが、先にメルギドに行くなら意味は無いぞ？」

ここからメルギドまで二ヶ月かかるなら、この国に戻ってくるのは四、五ヶ月後になるだろう。勇者達の居場所を今調べても、戻ってくる頃には意味の無い情報だ。

「本当はあまり寄りたくないんだけど、通り道なのよ。迂回《うかい》すると遠回りになるし、忘れ物もあるのよね」

「忘れ物？」

「妹の遺体。もう埋葬されてるだろうけど、葬られた場所を知りたいのと、私が泊まってた宿に荷物を取りに行きたいの」

「俺なら構わない。急いでるわけじゃないし、気にしなくていい」

そう、今回の依頼は期限というものがない。女神が言い忘れただけかもしれないが、俺も確認していなかった。しかし、依頼時の条件に入れてなければ期限は無いのと同じだ。

なので、時間はある。この世界に関してはまだまだ知らないことが多く、多少の寄り道は情報収集に丁度良い。

「ありがと。宿が荷物を処分してなきゃいいけど……」

「大事な物なのか？」

「魔法の鞄《マジックバッグ》。いつもは常に身に着けてるんだけど、あの日はたまたま置いてきちゃったのよね。まったく、どうかしてたわ」

「魔法の鞄？」

「そう。見た目以上の容量があって物が沢山入る魔導具よ。私が持ってるのは、古代遺跡で見つけた超希少品で、時間停止の機能もあるから食料も入れておけるの。恐らく二度と手に入らないから取りに行きたいのよ」

「それは是非見てみたいな」

「私の魔力で登録してあるから中は開けられてないはずだけど、中身より鞄《かばん》自体が貴重だから、もし他人の手に渡っていたら力ずくでも取り返さなきゃ」

そう言ってリディーナは鼻息を荒げ、手綱を握りしめる。

「そりゃ気持ちは分かるけどな。ちょっと落ち着けよ」

「はぁ……。レイってホントに異世界人なのね。あのね、魔法の鞄って言ったら売れば白金貨百枚以上になるのよ？　しかも私のは時間停止付きで市場に出る前に国に押さえられちゃうから出回らないの！　中にはレイが使えそうな予備の武器もあるし、正直、優先度高いんですけど！」

「あ、そ、そう……」

リディーナの目が怖い。こういう時は女の言うとおりにした方がいい……はずだ。それに、その鞄があれば今持っている大荷物を持たなくて済む。なら、何が何でも取りに行きたい気持ちも分かる。それが二度と手に入らないような物であれば尚更《なおさら》か。

日が暮れてきたので、街道を少し外れて野営場所を確保する。馬を繋いで荷物から飼い葉を取り出し、魔法で水を出して馬に与える。リディーナが馬の世話をしている間に、俺はテントと焚き火の準備だ。

「ねぇ、レイ。気づいてる？」

野営の準備をしながら、リディーナは真面目な顔をして声を掛けてきた。

「ああ。リディーナも？」

「うん。風の精霊が騒いでる。レイはどうやって？」

「俺は街を出てから探知魔法を展開してる」

「なにそれ？　探知魔法？　って何時間やってるのよ！　ちょっと大丈夫？」

「極薄く展開してるから魔力の消費は最小限だ、問題無い。それより相手は八人。街からついてきた奴と森にいた奴が合流して、俺達の視界に入らないよう一定間隔の距離を保ってた。通りがかりじゃない」

「そこまで分かるの？　凄いわね……ちょっと後で教えて！」

「別に構わないが、それよりこういう場合はどうするんだ？」

「どうするって、勿論、殺《や》るに決まってるじゃない。待ち伏せや追跡してくる奴に、一々アナタ達は誰ですか？　なんて聞いてたら命がいくつあっても足りないわよ」

「そりゃそうだ。じゃあ、ちょっと行ってくる。せっかく設営したからな。この辺で殺って汚したくない」

「待って、私も行く」

「平気なのか？」

「大丈夫、殺れるわ」

リディーナの表情を見たが、昨夜のような怯《おび》えた様子はない。荒療治かもしれないが、今後ずっとこういったことを避け続けるわけにはいかない。それに、B等級冒険者の実力も見てみたかった。

「分かった。流石《さすが》に連携なんかは確認してないからな。リディーナは好きにやってくれ。俺は援護に回る」

「分かったわ」

そうして俺達は、静かに森へ入っていった。

◆

日が沈み、周囲が急速に暗くなる。森の中は更に暗かったが、レイとリディーナは夜目が利いており、互いの姿はしっかり認識できていた。

レイには探知魔法で相手の位置が分かっている。八人の内、二人が先行して野営地に近づいてきており、レイはリディーナに敵のいる方向を手で示した。

リディーナは、それを見て軽く頷き、相手を確認すると囁《ささや》くように詠唱を始めた。

『風の精霊よ　我が声に従い　その力を示せ　風刃《ウィンドカッター》』

接近していた男の首が音も無く切り裂かれ、その首が落ちる。

ドサッ
首の無くなった死体が倒れ、その異変に気づいた別の男。しかし、男が声を上げるよりも先に、気配を殺して近づいていたレイに背後から口を塞がれ、茂みに連れ込まれた。

「誰だお前？　何が目的だ？」

レイは男の喉元に短剣を押し当て質問する。リディーナは即座に殺していたが、流石に相手の素性が分からないまま殺すようなことはしない。

「大声を上げれば殺す。嘘を言っても殺す。分かったな？」

男は激しく上下に頷き、レイの言葉に同意する。命を握られる状況に慣れてはいないようだ。

「た、頼む、殺さ――」

「質問に答えろ。死にたいのか？」

レイは短剣を押し込み、男の喉に刃を食い込ませる。

「エ、エルフだ。エルフの女が目的だ」

「何の為だ？」

「そ、そりゃあ……高く売れるからに決まってて――」

シュパッ
次の瞬間、男はレイに首を掻《か》っ切《き》られた。

(下らん。ただの人攫《ひとさら》いか)

もしや、桐生達を殺したことが発覚し、刺客を放たれた可能性を考えたレイだったが、いくらなんでも早過ぎるのと、自分ではなくリディーナが狙いという点でその可能性を否定した。

「高く売れる、か。胸糞《むなくそ》悪い」

どんどん遠ざかるリディーナの反応を見て、レイはすぐさま後を追った。

レイとリディーナに仲間が殺されているのも知らず、後方の森では六人の冒険者が待機していた。冒険者ギルドでレイに絡んだ貴族の少年、マルコ達四人の新人冒険者と、それを窘めていた大人のベテラン冒険者二人だ。

「まだ行かないのか？」

「焦んなよ坊ちゃん。斥候に出てる二人が戻ってきてからだ。ヤツらがメシ食って休息し始めたら行くからまだゆっくりしてていいぜ？　ただし、静かにな」

少年達は緊張してるのか、そわそわして落ち着きが無い。

「お、俺ちょっと小便！」

「あ、僕も！」

「ちっ！　静かにしろっつってんだろ！　さっさと行ってこい！　素人《しろうと》が！」

ボクもと言いかけたマルコは言葉をグッと我慢する。

ベテラン冒険者達は、マルティン男爵家の四男という立場を利用し、マルコを保険として連れてきていた。その理由は男達が今からする行為は違法だからだ。男達はエルフのリディーナに目を付けていた。エルフを捕らえ、奴隷として売《う》り捌《さば》くこと。この世界ではどの国でも奴隷自体は合法だが、不法に捕らえた人間を強制的に奴隷にすることは重罪だ。ベテラン冒険者は万一発覚した場合に備え、貴族の子息を共犯にすることで揉み消そうと考えていたのだ。

しかし、冒険者達に『B等級冒険者』というリディーナの肩書は頭に入っていなかった。

(エルフの女、しかも超がつく上玉だ。売れば一生遊んで暮らせる。まあ、その前に楽しませてもらうけどな)

下卑た笑みを浮かべる男達。


レイは並んで用を足している少年に背後から忍び寄り、後ろから手を回して口を塞いだ。同時に脇腹から心臓に向けて短剣を滑らせる。

ビクンと身体を跳ねらせ、そのまま息絶えた少年。一方、その隣にいて、同じく用を足していた少年の胸からは細剣の切っ先が生えており、リディーナによって心臓を貫かれていた。

「小便に行った二人が遅《おせ》ぇな。糞《くそ》なら糞って言ってもらわねーとよ?」

「知るわけないだろ!」

行ったきり戻らぬ少年達を揶揄《からか》う男と、小便を我慢し苛立《いらだ》つマルコ。男達は一か所に集まり、干し肉を齧っていた。

突如、男達の上に巨大な水の塊が発生し、その塊が落ちる。

直径五メートルの『水球』。その水の塊は飛散することなく男達四人を閉じ込めた。

必死に手足をバタつかせ藻掻《もが》いていた四人だったが、誰一人、巨大な水球から脱することはできず、暫く経つと全員が溺死した。

魔法で水球を生み出したレイは魔法を解除し、横たわる男達全員の死亡を確認する。

「これで全部？」

「他に反応はない。これで全員だ。……こいつ等ギルドで見た顔だ。覚えてるか？」

「あー、あの貴族の坊ちゃん？」

「そうアレ。斥候の内一人を尋問したが、こいつ等の狙いはエルフだとよ」

「……うっかりしてたわ。ごめんなさい」

「何がだ？」

「エルフは奴隷として高く売れるのよ。この国では亜人が珍しいし、いつもは偽装していたのに昨日は魔法を掛けるのをすっかり忘れてたわ。ギルドで登録した時にエルフだと知られて狙われたのね……ごめんなさい」

「謝るな。それはリディーナの所為じゃないだろ」

「……うん」

胸糞悪い話だが、奴隷狩りは地球でもある。男は兵士に女は性奴隷にする為だ。政府が機能しておらず、暴力が支配している国や地域では当たり前のように行われている。先進国であっても、誘拐されて強制的に奴隷のように扱われる人間はいる。日本も例外ではなく、命令を強制される人間という意味では奴隷は存在している。暴力や借金で奴隷と変わらぬ扱いを受けている人間は多い。

「とりあえず死体を集めよう。まとめて燃やす」

全員の死体を集め、高温の火属性魔法で骨まで燃やす。冒険者証など身元が分かる物で燃えなかったものは地面に深く穴を掘って埋めておいた。地球のようにＤＮＡや歯型を気にする必要は無く、この世界では顔と身分証が無ければ死体の身元を調べることは不可能になる。だが、死体をきちんと処理しないと魔物が寄ってきてしまうので、死体は念入りに燃やしておく。

「それにしても完全無詠唱であれだけの水球を作ったのもすごいけど、いきなりアイツらの上に出すなんて、どうやってるの？」

「距離の目測さえしっかりイメージできればそんなに難しいことじゃない。勿論、自分の手前で発動する方が早いから咄嗟《とっさ》にやるのは練習が必要だがな。詠唱だってそうだ。発動の呪文も魔法の発動に必須じゃないぞ？　詠唱が必要だとかは恐らく全部思い込みだ。発動に必要なのは明確なイメージと魔力のコントロールだけだ」

「そんなの聞いたことないわ。詠唱の短縮はできるけど、発動の呪文は必要よ」

「起こす現象の原理が解《わか》ってれば必要無い」

「原理？」

「なんて言えばいいのか……例えばリディーナは『水』って何だと思う？」

「水は水でしょ？　何言ってるの？」

「質問が悪かったな。じゃあ、水はどうやってできるか知ってるか？」

「馬鹿にしてるでしょ？　それくらい分かるわよ」

「なら説明してくれ」

「精霊が作ってるに決まってるじゃない」

「そうきたか……」


【魔法談義】


予想外のファンタジーな答えにどう返すか困る。とはいえ、冷静に考えるとあながち間違いじゃないかもしれない。元素だって、「じゃあ誰が作ったの？」なんて聞かれたら『神』かもしれないんだ。精霊が作ってるといっても本当かもしれない。この世界に来るまで考えもしなかった。俺に精霊は見えないが、実際に神には会ったしな。

「何よ？　間違ってるって言うの？」

「いや、俺がいた世界と考え方が違うなと思っただけだ。ただ、向こうの世界の考え方のほうが、魔法の発現には効率がいいかもしれない」

水は、水素と酸素の化合物だ。この二つは空気中に存在する。この世界の大気成分が魔素を除いて地球と同じなら、どこでも生み出すことは可能だ。こうしている俺達の間にある空気にも水分は含まれてる。

風も空気の温度差で生まれる。温まった空気は空に向かって上昇し、冷えれば下降する。下降した空気は大地の地形で方向を変える。

火に関しても同様だ。空気にさらされてる物質が一定の温度まで熱せられると発火する。何も物質が無いように見えても、空気があれば酸素が燃えるのだ。

現象の仕組みを理解してるだけで、魔法を使う時のイメージが格段にやりやすくなる。

人間には精霊が見えないから、魔法と精霊の関係は俺には分からない。だが、人間の魔術師は魔導書や師から学んだことが全てなはずだ。詠唱や呪文も、そうしなければ魔法が使えないという一種の思い込みによるものだ。

先人達が魔法を伝えやすくする為に生み出したものだと俺は思ってるし、効率も良いと思う。ただ、皆が魔力を持ってる以上、理屈では誰でも魔法が使えるはずなのだ。それでも魔法を使えるのが一部の人間に限られてるのは、教わる環境の差でしかない。

水と言えば誰でも知ってるものだが、水が何なのかを理解させ、イメージさせるには教える側と教わる側双方に科学的な基礎知識が必要だ。しかし、こう詠唱してこの言葉を唱えれば水が出るよ、そう刷り込むことで魔法の行使をしやすくする方が簡単だ。魔法自体は想像力と魔力だけで発現する。無詠唱は詠唱しなければ魔法が使えない、といった思い込みを無くさないとできないだろう。

魔法があるから科学が発展しなかったんだろうが、過去には魔法の原理を知る人間がいたからこそ、呪文や詠唱があるのは間違いない。誰でも魔法が使えるように洗練されたのが今だ。詠唱や呪文を用いて、魔法を使いやすくして広めた結果だ。

しかし、このことは今の地球にも同じことが言える。冷蔵庫や電子レンジの仕組みを理解してる人がどれだけいる？　パソコンは？　携帯電話は？　動く仕組みを知らなくても使えてしまうのだ。詠唱と呪文で魔法が使えると信じるこの世界の人間を馬鹿にはできない。

電子レンジで何故、物が温まるかを説明できる人間は殆どいないのだ。現代人は誰でも道具を使えば火を起こせるし、スイッチ一つで風も起こせる。しかし、その生活が長く続くとその仕組みを知る人間、技術者にその仕組みを依存する。仕組みを知らなくても簡単に現象が起こせる物が日常に溢《あふ》れれば、結果として原理を知る人間は少なくなる。

魔力のコントロールさえできれば、魔法は誰でも使える。詠唱と呪文は説明書みたいなものだ。属性の適性なんてものも無い。相性が良いか、悪いか、好きか嫌いかだけだ。

この世界の人間にも理解できるよう簡単に説明してやるが、リディーナの顔には終始？マークが出ている。

「全然分かんないけど、なんとなく分かったわ！」

「分かってないいんだな……」

どっと疲れが出る。地面に絵を描いたりして何時間も説明したことが無駄に終わったようだ。やはり基礎知識が違い過ぎる。

「こうでしょ？」

フワリと風が舞う。

（天才かな？　マジかコイツ。逆にどういう理屈でやってるのか気になるぞ？）

「でも、戦闘で使うならもっと練習が必要ね。どうしても今は頭の中がこれで一杯になっちゃうもの。もっと自然に出せないとダメねー」

（天然かよ……）

「そ、そうだ。手足を動かすように発動できなきゃ、詠唱した方が慣れてる分マシだ。だが、利点は大きい。さっきのような奇襲でも声を出さなくて済むし、対面の戦闘でも、モーションが無いのは有利だ」

「確かにそうね。練習してみるわ」

「リディーナは風と水の属性が得意なんだよな？」

「そうよ？　二つの精霊と契約してるわ。自分で言うのもなんだけど、結構凄いのよ？」

「ならこれを教えておく」

俺は両手の人差し指を向かい合わせて、その間に紫電を放った。

「ッ！」

「電気ってヤツだ。雷と言えば想像つくか？」

「知ってるわ。あまり見たことないけど、ピカッて光ってドーンと鳴るヤツでしょ？　確かに似てるけど……」

「小さいがモノは同じだ。触れてみるか？」

「だ、大丈夫なの？」

「これくらいなら大丈夫だ」

パチッ
「痛ッ！　痛いじゃない！　んもうっ！」

「すまんすまん。だが、これの威力を上げれば回避の難しい強力な攻撃になる。雷は大気中の水や氷が摩擦によってできた静電気のことをいう。思うようにコントロールして放つにはコツがいるが、相手が金属製の武器を持ってるなら殆ど自動で当たる。ただし、光って目立つからな。夜間の奇襲には使えないぞ？」

「教えて！　私にも使えるのね？」

「ああ。理屈が分かればリディーナでも『雷魔法』は使えるはずだ」

（まあ、こっちの人間で魔法に慣れてるなら俺のような失敗はしないだろう）

魔力コントロールが未熟な状態でこの魔法を放ち、森ごと竜を消し飛ばした光景が頭を過《よぎ》る。

「雷魔法！　伝説の勇者の魔法！　これが？　国の誰も再現できなかった魔法よ？」

「ただし、魔力量には注意しろ。威力を出そうとコントロールを誤れば、腕が沸騰して神経が焼き切れるぞ？」

「わ、分かったわ。気を付ける」

その後、リディーナへの雷と電気の説明は深夜まで及んだ。

パリッ
バチチチチチ
驚いたことにリディーナは『雷魔法』を数時間で発動してみせた。

（コイツ、マジで天才か？）

「ふぅ。今日はコレで限界。練習でかなり魔力を使っちゃったわ」

「上出来だ。というか凄いな」

（多分、殆ど仕組みを理解できていない。俺が放った現象を参考にしてイメージしてるんだと思うが、覚えが早過ぎる。俺だって電気を発現できるまで何日も掛かったし、魔力量のコントロールはそれ以上かかったんだぞ？）

リディーナは上機嫌だ。余程嬉《うれ》しかったのだろう。ルンルンで食事を用意している。談義に夢中で遅い夕食になってしまったが、収穫は大きかった。

先程の襲撃も手際が見事だった。森の中であれだけ音を出さずに速く動ける人間は見たことが無い。剣の扱いは我流っぽいが的確に急所を素早く突いていた。魔法の発動もスムーズだ。B等級の冒険者か……正直見くびっていた。襲ってきた勇者達も、一対一なら殺れたかもしれない。

（リディーナ、こいつかなり使える）

【自由都市マサラ】

俺とリディーナがロメルを出発してから二日後。遠くに薄《う》っすらと建物が見えてきた。自由都市マサラ。街の外見はロメルと同じく、高い城壁に囲まれた城塞都市だ。

「そろそろ着くわね」

街道を真《ま》っ直《す》ぐ進んでいると、リディーナが話し掛けてきた。

馬の扱いにも慣れて、今は俺が前に座って馬の手綱を握っている。

「偽装の魔法を掛けるわね。……どう？」

振り返るとリディーナの特徴的な長い耳が人間の丸い耳になっていた。間近で見たリディーナの顔に少しドキッとしたが、それよりも見た目の変化に驚いた。

「どうなってるんだ？」

無意識に手を伸ばし耳に触っていると、リディーナが顔を真っ赤にして身動《みじろ》ぎしていた。

「あっ　ん……やっ」

なまめかしい声を上げるリディーナ。

「す、すまん、つい……。しかし、耳が変化したわけじゃなくて見た目だけ変わったのか」

「んもうっ！　いきなりなんだから！　私、耳は敏感なの！　さ、触るなら触るって言って！」

「わ、悪かった。それより偽装の魔法か……興味深い。どれくらい保《も》つんだ？」

「変える範囲次第で魔力を使うから、耳だけなら一日くらい余裕よ。私がエルフって知られると面倒だからね。前にも言ったけど、ここって奴隷の売買が盛んなの。エルフは高価だからこの前みたく襲ってくるバカが出てくるわ」

「なるほどね。今度、それ教えてくれ」

「別にいいけど、どうするのよ？　レイは必要無いでしょ？」

「もっと地味な顔になりたい」

「アナタ、それ他で言わない方がいいわよ？」

「……」


自由都市マサラ。自由都市と呼ばれるが、歴《れっき》としたオブライオン王国の領地だ。様々な物が集まる貿易の中継都市だが、ロメルと同じように中央から離れた辺境に位置し、違法な物品の売買が盛んに行われている。中でも奴隷オークションなどの人身売買が有名で、他国から奴隷が集まる場所としても知られる。

俺とリディーナは衛兵に冒険者証を見せて城門を通過し、街に入った。馬を馬屋に返却して、すぐに次の街までの予約を入れる。明日の朝に予約したが、リディーナの用事次第なのであくまで予定だ。馬の手配を済ませた後はリディーナの宿泊していた宿に向かう。

「いらっしゃいませ。ご宿泊ですか？」

「一週間程前に宿泊していた者だけど、部屋の荷物はまだあるかしら？」

「部屋の番号を教えて頂けますか？」

「二〇三号室よ」

「少々お待ち下さい」

対応した受付の初老の男が丁寧にお辞儀し奥へ消えていった。ロメルで俺が泊まった宿に比べて数ランク上の豪華な内外装、受付の応対も洗練されている。宿の雰囲気には不釣り合いな格好の俺達だが、受付は表情に出さない。

「ここの料金いくらだ？」

「私が泊まった部屋は一泊金貨三枚だったわね」

「マジか……」

「私、普段はあんまりお金は使わないんだけど、安全面もあるから宿は妥協したくないのよね」

（B等級……どんだけ高給取りなんだ？）

「お待たせ致しました。二〇三号室は、現在まで鍵が返却されておりません。お荷物はまだ預からせて頂いておりますが、お返しするには本日までの料金と鍵の返却、宿泊されたお客様本人の証明が必要です」

「身分証明は冒険者証で。料金はギルドの私の口座へ請求してちょうだい。それと、申し訳ないけど鍵は紛失したの」

リディーナが冒険者証を出して答える。

「承知しました。それでは鍵の交換に金貨一枚追加で頂戴します」

「構わないわ。荷物を見せてちょうだい」

「畏《かしこ》まりました。お持ち致しますので少々お待ち下さい」

受付の男がカウンター奥へと消えていき、しばらくして小さな箱を持って戻ってきた。

「お待たせ致しました、こちらです。ご確認下さい」

箱を開け、中の荷物を確認するリディーナ。

「ちゃんとあるわね。ありがとう、助かったわ。ついでに今部屋は空いてるかしら？」

受付の男はチラリと俺を見て、リディーナに視線を戻す。

「……ダブルの部屋が一つ、空いております」

（嘘だ……こいつ、リディーナに忖度《そんたく》しやがったな？　バレてんだよ！　ひょっとしてこのオッサン、俺を男娼《だんしょう》とでも思ってんのか？）

「そう、じゃあそこで。一泊でいいわ」

リディーナが冒険者証を再度出し、すました顔で鍵を受け取る。

「三〇二号室で御座います」

頭を下げて見送る受付の男。

「先に食事に行きましょ？」

「……分かった」

部屋に関して思うところはあるが、リディーナのＰＴＳＤの件もある。野営では大丈夫だったが、交代で睡眠をとっていたとはいえ一緒にいたのもあるし、野営中は気を張ってた。こうした安全と思われる空間に一人でいるとまた発症するかもしれない。部屋を分けて、夜中にこっそり忍び込まれるのは勘弁だし、俺もゆっくり寝たい。

（しかし、ダブルはな……）

俺も男だし、リディーナは超がつく美人だ。思うところもなくは無いが。心の病に付け込むような真似《まね》はしたくない。ガキ共とは違うのだよ、ガキ共とは！

「食事は部屋で取らないのか？」

「夕食は宿で取るつもりだけど、昼食の後に寄りたいところがあるから、外で取る方が都合いいと思って」

「そうか」

昼食は、大通り沿いのオープンテラスのレストランを選んだ。

この街はロメルに比べて道が広く、荷馬車の往来が多い。馬車の積み荷の中には見たことの無い食材や巨大な魔獣を縛り付けてあるなど、ここが異世界というのを実感させてくれる。

「どうした？」

食後に紅茶を飲んでいるリディーナが俺を見ていた。

「そんなに珍しい？」

「ああ、珍しいな。ロメルではあまり感じなかったが、違う世界に来たんだと実感する」

「何がそんなに違うの？」

「そうだな……見たことのない物もそうだが、なんていうか雰囲気っていうのかな？　前にいた世界とは違った独特な空気を感じる」

前世の地球でも同じような風景はあったが、所々に近代的なものが見えた。携帯電話を手にし、車が走っているのは、人がいればどんな国の田舎でも変わらない。だが、ここにはそのような物は一切無い。それに見たこともない物や魔獣などのファンタジーがある。風景だけ切り抜けば、テーマパークのようだ。

「まあここは田舎もいいとこだから、メルギドに行ったらまた驚くわよ？」

「それは楽しみだな」

何でもない会話だったが、このひと時が心地よかった。

女神が俺に依頼する際、期限は言われなかった。依頼内容から俺は勝手に緊急性は低いと見ている。タイムリミットが分からないのに常時気を張ってはいられない。適度にリラックスする時間は必要だ。

しかし、奴隷を乗せた馬車が通ると、俺達の顔は曇った。老若男女問わず小汚い格好をした者達が檻《おり》の付いた馬車で運ばれていく。

「奴隷がいるのは人間の国だけ。理解できないわ」

「エルフの国にはいないのか？」

「いないわ。ドワーフの国『メルギド』にもね。他の亜人の国にも奴隷なんていない」

「人の数が多いからだろう。人が増えれば、上に立つ者と下につく者に分かれる。人がやりたくない仕事をさせる為に、力の無い者、金の無い者にやらせた結果が奴隷制度だ」

「レイのいた国も奴隷はいたの？」

「いた。俺の国には明確に奴隷という身分や制度は無かったが、金や暴力で自由を奪われ、酷使されている人間はいた。違法だったから一般人には認識されてはいなかったけどな」

「いつ見ても嫌な光景だわ」

「同感だ」

「そろそろ行きましょ」

「ああ」

紅茶を飲み終え、俺達はレストランを出た。

次に向かうのはリディーナの寄りたい場所、奴隷商の店だ。

「妹をオークションに掛けた奴隷商よ。表向きは正規の奴隷商だけど、裏では違法の奴隷も扱ってるわ。まあ、奴隷商人なんてどれも同じようなものだけど」

「行ってどうする？」

「前に来た時は妹が売れた直後だったから詳しく聞けなかったけど、妹が借金奴隷になった経緯が知りたいのよ。奴隷に堕《お》ちる程の借金があったなんて何かおかしいのよね。出品されたオークションは正規のものだし、違法に捕らえられたわけでもないのは分かってるんだけど……前回、ちょっと無茶したから、もしかしたら衛兵を呼ばれるかもしれない。荒事になると思うけど平気よね？」

「任せる。好きにしたらいい」

お互いフードを深く被って顔は半分も見せていない。ここで騒ぎを起こしても俺達の存在が勇者に知られるものでもない。奴隷商人に何をしようが知ったことではないのが本音だ。どうせ二度と来るか分からない街だ。穏便に事を運んで何日もかけるより手っ取り早く済ませたい。

目的の建物が見えてきた。看板も出てないし、塀が高くて中が見えない。後ろ暗いことをしていますって感じだ。入口の門にはガラの悪い男が門番のように立っている。

「ダリオはいるかしら？」

リディーナが門番に声を掛ける。ダリオとは奴隷商人の名前らしい。

「なんだ、アンタ。客か？」

「ダリオに話があって来たんだけど、いるかしら？」

リディーナが対応中、俺はさりげなく周囲を見渡し人目が無いかを確認する。探知魔法は展開しているが、建物の中までは探知が及ばないし、窓から覗《のぞ》く人の視線も分からない。目視で確認するほかない。

「約束は？」

「いるのね？」

リディーナは素早く細剣の柄《つか》で男の鳩尾《みぞおち》を突き、門を潜った。俺は気を失った男の襟首を摑《つか》み、引き摺りながらリディーナの後から建物に入る。

男を外から見えない位置に放っている間に、リディーナは建物の奥へどんどん進んでいった。

建物内はやたら殺風景な内装だ。その所為かゴロツキのような男達がやたら目立つ。男達は全員武装しており、どう見てもカタギではない。

「この前より人数が増えてるわね……『風の精霊よ　我が声に従い　我に力を　風加速《アクセラレーション》！』」

リディーナが素早く詠唱を唱えると、フワリと外套が風に揺れ出す。魔法の発動と同時に駆け出し、男達を鞘《さや》に納めたままの細剣で打ち据え、意識を刈り取っていく。尋常ではないスピードに、男達は為《な》すすべなく倒れていった。

（……速い）

後に聞いたが、身体強化と風の魔法を併用してるらしい。魔法の併用は高度な技術だが、リディーナの魔法は精霊との契約で技術はいらず、消費魔力も少ないそうだ。

（しかし、奴隷商人ってこんなにゴロツキを雇ってるのか？　まるでヤ○ザの事務所だ）

男達を倒し、奥に進んで突き当たりの部屋の扉を開けると、先程までとは一変して内装が豪華になった。執務机に座り驚いた顔をした太った中年、コイツがダリオだろうか？　体のあちこちに包帯が巻かれている。

「あ、あんたはっ！」

「一週間ぶりかしら？　イリーネのことで聞きそびれたことがあるから聞きにきたんだけど」

リディーナの妹の名前はイリーネというらしい。

「た、頼む！　もう勘弁してくれっ！　言っただろ？　俺は仲介しただけだ！　仲介料は貰ったが、売却益は俺のところには入ってない！　関係無いんだっ」

「その仲介元とあの子を売った者の名前は？」

「勘弁してくれ！　アンタが何する気か知らんが、今後商売できなくなっちまう」

リディーナがスラリと細剣を抜く。

「そう。なら今すぐ商売ができなくなるか、後でできなくなるか、三秒で決めなさい。……三」

「二」

「――」

「分かった！　言う、言います！　『白い狐《ホワイトフォックス》』だ！　古代都市フィネクスのB等級冒険者パーティー、そいつらがエルフを売った連中だ！」

「『白い狐』？　聞いたことないわね。特徴は？」

「詳しくは知らない！　ただ、全員若い女のパーティーらしいってだけだ！　王都の奴隷商が間に入ってて俺は直接は会ってない！　そいつらがエルフの女を王都の奴隷商に持ち込んで、俺がオークションの仲介をしただけだ！　売却益は冒険者ギルドの口座に振り込んだからパーティー名は間違いない！　頼む……もうそれしか知らないんだ」

「そう、ありがと。嘘だったらまた来るわね」

そう言って、リディーナは細剣を鞘に納める。ダリオはヘナヘナと腰から崩れ落ちた。前回よっぽど痛めつけられたのだろう。抵抗する気は無いようだ。

「な、なあ、アンタが来た後に、エルフの奴隷を買った連中が宿から消えた。部屋にはその奴隷の死体もあったらしい。……アンタがやったのか？」

リディーナが商人に振り向き、細剣の一閃《いっせん》で商人の首を刎《は》ねた。俺がしようとしたことだったが、無用だったようだ。裏社会で迂闊な発言は命取り。態々《わざわざ》、ゴロツキ共を殺さなかったリディーナの親切が無駄になった。

「あまりこの街に長居しない方がよさそうね」

「そうだな。一人の女がエルフの奴隷を追って、その奴隷を買った者達が消えた。それに、エルフの奴隷の死体……いくら顔を隠してても辿《たど》られるかもな」

「ごめんなさい」

「気にするな。これでもリディーナには感謝してるんだ。この世界で一から手探りするのに比べればどうってことない。それに俺とリディーナのことがバレてるわけでもない。どうせ、一旦この国を出るんだ。俺は気にしてない」

「……ありがと」


「おいおい、なんだよこりゃ？」

「コイツら全員のびてるぜ？」

ダリオのいた部屋を後にした俺達は、建物の出口で三人の男と鉢合わせた。ここにいたゴロツキ共とは雰囲気が違う。

リディーナに倒された男達を見て、三人組がこちらに視線を移す。

「お前らがやったのか？」

リーダーらしき男が俺達を指差し、声を掛けてくる。

「そうだけど。何かしら？」

男達はお互いに顔を見合わせ、リーダーがニヤリとした笑みを浮かべる。

「護衛で雇われたはいいが、退屈だったし丁度いい。お前らやるぞ。女は殺すな、食後のデザートだ。野郎は殺せ！」

（全員剣士か）

三人の男達はそれぞれ剣を抜き、腰を低くして構えている。下種《げす》な顔をしてるが、これまで現れた奴らよりはできそうだ。

（しかし、どうしてこうも女に飢えた奴が多いかね）

「こちらも丁度いい、アレ試してみろよ。全員剣士だ。一発で全員殺れるぞ？」

「アレ？　ああアレね、そうね、丁度いいわ。分かったやってみる」

こういう時に互いに名前を呼ばないのは基本だが、リディーナとは特に打ち合わせをしたわけじゃないのにこういったことが自然にできるのは好感が持てる。逆にこれまでリディーナが生きてきた環境も見えてくる。この世界は女が単独で生き抜くには厳し過ぎる。

一瞬、リディーナの外套がフワリと揺れる。手のひらを真ん中にいる男に向けた直後。

――『電撃《ライトニング》』――

リディーナの手から紫電が放たれる。詠唱を短縮した魔法のそれは、剣士三人に行動させる間もなく光の速さで先頭の男に命中し、そこから枝分かれして左右の男達に伝播《でんぱ》した。

衣服が焼け焦げ、白目を剝《む》いて崩れ落ちる男達。体内の水分が瞬時に沸騰した所為で煙のような湯気が体のあちこちから上がっている。当然、即死だ。

「すっごいわね、これ！」

「まあ練習じゃ実感無かっただろうが、生き物相手ならああなる」

「でも、どうだった？　上手《うま》くできてたかしら？」

「普通に天才だと思うぞ」

それを聞いてリディーナの表情が緩む。お世辞抜きにそう思う。たった二晩の練習と講義でコレだ。エルフとか関係無い。リディーナのセンスはヤバい。完全無詠唱もすぐにモノにするだろう。

（久しぶりに教え甲斐のある奴に会ったな……）

「ふっ」

「何笑ってるのよ？」

「いや、なんでもない」

「何よー、気になるー、やっぱ変だったとか？」

「そんなんじゃない、こらくっつくな！」

「いいじゃない、もー　次行くわよっ！」

「分かったからくっつくな！　歩きにくい！　それにちょっと忘れ物だ」

「？」

――『火炎《フレイム》』――

俺は門の脇に放置した門番の男を建物内に投げ入れ、建物の入口から奥の部屋まで届くように魔法を放った。

――『水流《ウォーターフロウ》』――

激しい炎で気絶した男達を焼き殺した後、続いて大量の水を発生させて火を消した。いずれ騒ぎにはなるだろうが、火事を起こして無関係な人間を巻き込むのは本意ではない。

「よし、行くか」

「むー　完全無詠唱……それに、相反する属性を操るとか、さっきの喜びが吹き飛ぶんですけど?」

「知るか。さっさと行くぞ」

奴隷商の建物から出た俺達は、今度は桐生達四人が泊まっていた宿に向かった。桐生達が姿を消して一週間程経っている。当然、痕跡や手掛かりなどは残っていない。目的はリディーナの妹、イリーネの遺体の行方を尋ねる為だ。

さっきの奴隷商人と違いここは普通の宿、ようはカタギだ。暴力で強引に聞き出すわけにはいかないと思っていたが、リディーナは事前に魔法の鞄から取り出していた革袋をカウンターに置き、受付の中年男性に直球で尋ねた。

「一週間程前に黒髪の四人が泊まってた部屋でエルフの死体があったわね?　その遺体がどうなったか教えてくれる?」

突然のことで吃驚《びっくり》していた受付の男。次にチラリと視線を落として革袋の中身を見て、更に目を丸くする。

「知らないなら知ってる人を寄越《よこ》して。取り次いだ礼は勿論するわよ？」

男は、フードで顔が見え難いリディーナを訝し気に見つつも、革袋から目が離せないでいた。

「はぁ。別にここで聞かなくてもいっか」

革袋をカウンターから持ち上げ、帰る素振りを見せるリディーナ。

「ちょ、ちょっとお待ち下さい」

リディーナのブラフに容易に引っかかる。

「内密に願えますでしょうか？」

顧客の情報を金で売る。高級そうな宿だが、程度が知れる。

男は、周囲をキョロキョロ見ながら話し出した。

「お尋ねの部屋は確かに四名の黒髪のお客様がご利用していました。予定していた泊数を超過しても鍵の返却にいらっしゃらないのでお部屋を確認したところ、確かにエルフの女性が遺体で放置されておりました。衛兵に通報致しましたが、現れたのは王都の騎士団でして……。遺体を含め、荷物も全て騎士団の方々が持ち帰られました」

「王都の騎士団？」

「はい。正式な書状もお持ちでしたので間違いありません」

「何か言ってた？」

「……口外無用とだけ」

バッが悪そうに答える受付の男。国より金か。まあ仕方ないだろう。小さな袋に見えるが、中身は恐らく金貨、それも十枚以上はありそうだ。日本円で百万円以上。一般人から情報を得るだけにしては破格過ぎるが、ちまちま交渉して渋られても面倒だし、高額の報酬を提示すれば後に通報される可能性も低くできる。だが、流石にちょっと多過ぎじゃないだろうか？

（ホントに金持ちなんだな。前世じゃ俺もそれなりに稼いでいたんだが……）

「どこの騎士団かは分からないわよね？」

「近衛騎士団ではないかと」

「近衛？　確かなの？」

「鎧にあった紋章は以前見たことがありますので。それにあの赤い外套は他の騎士団ではあり得ないかと」

「……分かったわ。ありがと」

革袋をカウンターに置いて、俺達は宿を後にした。

「どうしたリディーナ？」

なにやら考え事をしているリディーナに尋ねる。

「宿で話すわ。一旦宿に戻りましょ」

宿に戻り部屋に入った途端、リディーナが口を開いた。

「近衛騎士団。辺境もいいとこのマサラに王宮守護の近衛騎士が後始末に来るなんて……」

「国の中枢機関が出張ってきたってことは、始末した高橋から聞いたとおり、勇者達がこの国を乗っ取ってるのは間違いないようだな。どうする？　近衛騎士団を調べるか？」

「流石に一週間も経ってるし、まだこの街にいるかも分からない。妹の遺体は街の墓地に葬られてるだろうし、ほとぼりが冷めた頃にまた来てみるわ」

「いいのか？」

「近衛騎士が動いてるってことは、王宮は『勇者』が消えたことを把握してるってことよ。あまり長居して探れば、目を付けられるかもしれない。それにメルギドで武器を調達したらレイは王都へ行くんでしょう？　今目立つと後々面倒になるんじゃない？」

「それはそうだが、なんだかすっきりしないな」

「この国を出るまでまだいくつか街を経由しなきゃならないし、その度に一々城門で疑われるのは面倒よ？　偽装の魔法も万能じゃないし、私のことなら気にしないで」

「……そう言うならそうしよう。だが、妹さんの遺体の件は俺も付き合うからな？」

「ありがと。じゃあしばらく一緒ね！」

（エルフの時間感覚をすっかり失念していたが、リディーナにとって、ほとぼりが冷める頃、とはどのぐらいなのだろうか……しばらくとは？）

そのまま夕食は部屋で取ることにした。

流石は一泊金貨三枚。いや、ダブルの部屋で四枚と言ってたか。この世界で前世と遜色ない食事には驚いた。ふんだんに調味料が使われ、今までの塩ベースの食事とは比べるまでもない味だった。中でもデザートで出てきたケーキには驚いた。しばらく砂糖の味を忘れていたが、これ程美味《うま》かっただろうか？　リディーナ曰く、砂糖はかなり貴重品だそうだ。他の国ではもっと色々な甘味《かんみ》があるそうだが、この国には殆ど入ってこず、食のバリエーションは大陸で一番少ないらしい。リディーナからすれば、金貨四枚でこの程度？　という認識だ。

夕食後にリディーナの『魔法の鞄《マジックバッグ》』を見せてもらう。非常に興味深い。空間魔法はなんとなくイメージできる。だが、時間停止については想像がつかない。一体どんな概念だ？　この空間だけ時間を止めるとか凄《すさ》まじい技術だ。時間に関する魔法は女神の知識の中には無かった。しかし、こうしてモノが実在する以上、魔法か何かで実現はできるのだろう。女神が知識に入れなかった理由は分からない。忘れていた……とは考え難い。

時間を操る技術、まさに神の領域だ。魔法で実現可能だとしても、一個人の魔力で行使できるとは思えない。時間が止まった武具があれば絶対に壊れないし、時間を戻したり進めたりできれば過去や未来を変えられる。これを作った文明は地球とは比べ物にならない高度な文明だったはずだ。

しかし、この世界にその技術の痕跡が殆ど残ってないのは何故だ？　希少とはいえモノが存在するのに、技術が継承されずに途絶えた経緯が気になってきた。

過去あった技術や知識が失われることは珍しくないが、再現できないだけで代替技術は存在する。

技術レベルに過去と現在でここまで差があるのは不自然過ぎるのだ。

(古代遺跡の発掘品……依頼が済んだら調べてみるのも面白いかもしれないな)

色々考えていると、リディーナが鞄から数本の剣を取り出していた。

「はい、これ。これしかないけど好きなの選んで」

目の前に出されたのは三本の剣。内二本は細剣で、残りの一本は両刃の片手剣だった。持ってみると、どれも恐ろしく軽い。

「私の予備の剣だけど、どれも魔銀製よ。まあ、純度は低いけどね」

「軽いな」

「それで魔銀の純度が三割ぐらいかしら。純度が高ければもっと軽くなるし、魔力も通しやすくなるわ。でもその分、強度が下がるのが魔銀の難点ね。逆に魔金は重くて強度があるわ。魔力の通りは魔銀より低いから私には合わないのよね。だから魔金の武器は持ってないの。ごめんね」

「二つを合わせた合金とかはないのか？」

「あまり相性が良くないって聞いたことがあるけど、詳しくは知らないわね」

「メルギドの職人に聞いてみるしかないか」

両刃の片手剣を手に取り、数回振ってみる。

「これでしばらく稽古《けいこ》するか……」

「稽古？」

「ああ。リディーナにも稽古をつけてやるよ。剣術は我流だろ？」

「な、なんで分かるのよ？」

「一応、人に教えてたこともあるんだ。得物は違うが、指導者がいれば指摘を受けるような癖がリディーナにはいくつかあるからな。旅の途中にでも教えてやる」

「う、うそ……。どこよ！」

「まあ急ぐもんでもない。後だ後。風呂に行ってくる。リディーナも風呂に入って早く寝ろ」


夜、一緒のベッドに背中合わせで寝たが、リディーナに発作は起きなかった。だが、夜中にリディーナが手を握ってきた。握り返して回復魔法を軽く掛けてやる。それ以上を求めてきたら止めようと思ったが、その心配はいらなかった。そのままお互い手を繋いで眠りについた。

（何してるんだ俺は……まるで中学生だ）

酒でも飲んで抱いてしまいたい衝動にも駆られるが、この体になって酒に酔うことが無くなった。毒が効かないんだから当然だが、常にシラフだ。理性がどうしても働いてしまう。

（どうにかアルコールだけでも耐性を下げられないものか……）


翌朝。馬屋で馬を二頭借り受け、街を出発する。リディーナは「まだ一人はダメよ！」とか言っていたが、もう一人で乗れる。

「そう言えば、食料なんかの買い出しを忘れてたな。大丈夫か？」

「(魔法の鞄にあるからしばらく平気よ。行きましょ)」

小声で囁くように言うリディーナ。魔法の鞄は超貴重品なので、迂闊に人前で物を出し入れしたり、話題にしないよう昨晩注意を受けた。見た目は普通のウェストポーチだが、旅の荷物は全て入っている。ぱっと見、俺達はその辺りを散歩に行くぐらい軽装だ。

昨日通った門と反対側の門を潜り、何事もなく街を出た。今回は後をつけられることもなく平和な出発だ。

「他に忘れ物は無いか？」

「無いわ。このまま最短で国境へ向かいましょ。国境まであと二つの街を経由することになるけど、大体一ヶ月ぐらいで国境に行けると思うわ」

「ならその間に剣と魔法の訓練だな」

「ウフフ……。結構長く生きてきたけど、レイといると色々新しいことが分かって新鮮だわ」

「それは俺のセリフだ」

閑話　勇者の戦争

竜王国ドライゼン。この国は、竜人《ドラゴニュート》族と呼ばれる亜人が治める国である。巨大な山脈に囲まれた土地には塩分を含んだ湖が点在しており、狩猟と漁業が主な産業だ。人口はオブライオン王国の百分の一程。国というより部族の自治区といった規模しかない。古くから山脈に生息する亜竜を使役する技術を持っており、飛竜《ワイバーン》や重竜《サウラー》、走竜《ラプター》などを卵から育成し、生活に利用している。

「……という国が僕らの国のお隣にあったってわけさ」

重竜が引く巨大な馬車の上で、高槻祐樹が得意げに言う。後ろには白石響と佐藤優子、そして南星也の姿が見える。高槻達はオブライオン王国を離れ、竜王国ドライゼンに来ていた。

「疲れたー」

「そうね。馬車なんて乗り慣れてないし、結構疲れるわね。というか、苦痛だったわ」

「何言ってんだ。お前等座ってただけだろうが。疲れてんのは俺の方だっつーの」

「南君だって座ってただけじゃーん！」

「俺はコイツらを使役してんだからちゃんと働いてんだよ！」

よく見ると馬車を引いている重竜の目は白濁しており、身体には大きな傷があった。出血は無いものの、開いた傷からは破れた内臓や骨が見えている。また、馬車の周囲には異様な雰囲気を放っている大勢の人影……不死者《アンデッド》が追従していた。

「えー　でも、命令するだけでしょ～？」

「バカ言え、結構消耗すんだぞ？」

「あなたの能力だけ、全然『勇者』って感じじゃないわよね」

「ふん、俺はこの力が気に入ってんだ。勇者だろうがなんだろうが関係ねーよ」

――『死霊術師《ネクロマンサー》』――

南星也は死体を意のままに操れる。死体の鮮度によって知的レベルや肉体の強度が変わり、知的レベルの高い者は能動的に命令を遂行できるが、低い者は簡単な命令しか実行できない。

「というか、この竜って高橋君のペットじゃん」

「竜じゃねーよ、亜竜だ。ダメ飼い主の代わりに俺が使役してやってんだ。健斗ごときに文句を言わせるかよ」

「ヒドーイ」

「はいはい、そこまで。皆仲良くしてくれよ。ほら、もうすぐ首都に着くんだからさ」

高槻が佐藤と南をなだめ、前方に見えてきた街を指差す。

「そう言えば、なんでこの国を攻めるんだっけ？」

「ちょっと優子、話聞いてた？」

明する。

「だって、ちょっと眠かったし……」

「ははっ、まあいいさ。じゃあ、もう一度説明するよ」

高槻は苦笑いしつつも、オブライオン王国を出発する前にクラスメイトを集めて話した内容を説明する。

「いいかい。僕らの住むオブライオン王国は今結構ヤバイんだ。『勇者召喚』の儀式によって国の資産は底を尽きかけてるのに、王や貴族はそれに気づいてもいなかった。内政は腐敗。不正や癒着が蔓延《はびこ》り、書類は改ざんだらけ。誰も正確な数字を把握してなかったのさ。それに、何故《なぜ》か最近穀物の輸出が止まり、経済は崩壊寸前。ざっと計算したけど、このままだと数年で国民の半数が餓死することになる」

「ヤバイねそれ。じゃあ、違う国に逃げちゃう？」

「あのね佐藤さん、僕らが他の国に逃げて、今と同じ暮らしができると思うかい？　九条のおかげで奴隷にならずに済んだけど、僕らの特殊な能力を知った権力者は僕らをどうすると思う？　十中八九、オブライオン王国のウェイン王と同じことをするはずだ。つまり、自由は得られない。僕らはあの国で生きるしか道はないんだ。けど、国は飢え死に寸前。さあ、どうしよう？　って話さ」

「それとこの国を攻めるのとどう繋《つな》がるわけ？」

「ウェイン王は僕らを使って周辺国との不平等条約を解消しようとしたらしいが、交渉なんか何年かかるか分かったもんじゃない。その間に国は間違いなく潰れる。手っ取り早く事態を解決するには、武力による侵略しかない。乱暴かもしれないけど、経済戦争を仕掛けているのは他国の方なんだから批判される覚えはない。要は、やられる前にやってやろうってことさ」

「ふ～ん。ねぇ、響ちゃんはどう思う？」

「私？　私は政治に詳しくないから高槻君に任せるわ」

「じゃあ、私もそれでいいや」

「あんたね……」

「僕が佐藤さんと白石さんを連れてきた理由も話した方がいいかい？」

「あ、それは覚えてる。強い奴がいるんでしょ？　響ちゃんが楽しみにしてたもんね！」

「まあね。強靭《きょうじん》な肉体と魔法を使う竜人族。興味あるわ」

「それより高槻。この国の『守護龍《りゅう》』はどうすんだ？」

「ああ、そっちは九条が対応するってさ。僕らの相手は竜人族だ」

◆

――『氷古龍《フロストエンシェントドラゴン》ヘーガー』――

首都近くにある氷に覆われた山の火口に住む、体長五十メートルの巨龍。『氷古龍ヘーガー』は氷属性の竜が長い年月を生きて成長した『龍』で、人語と魔法を操り、竜人達から崇《あが》められる竜王国ドライゼンの守護龍である。

「あれっぽいな」

ドライゼンの首都近くにある独立峰。その上空に九条彰はいた。

「まあ、間違ってたら別の山を探すだけか」

九条は手のひらから巨大な炎の塊を生み出し、龍がいると思われる山の火口へ放った。

しばらくすると、淡い水色の巨大な龍が火口から現れた。五十メートルを超える体長。厚い鱗《うろこ》と筋肉質な体軀《たいく》、鋭い爪と牙。蝙蝠《こうもり》のような巨大な翼を持ち、西洋の竜そのままの姿だ。

「おっ、出てきた出てきた♪」

『何者だ』

重く圧が掛かった声で龍が問う。先程放った炎でダメージを負った様子は無いが、怒りの感情が見て取れる。

「へぇ、喋《しゃべ》れるんだ……。ボクは九条彰。この世界じゃ、一応『勇者』って呼ばれてるね」

『勇者？』

「とりあえず、ボクのペットになるか、死ぬかを選んでよ。できれば生きたまま従ってくれると嬉《うれ》しいんだけどな〜」

『我、氷の龍王ヘーガーなり。愚弄は万死に値する』

龍の口に魔力が集まり、直後に氷の息吹《ブレス》が放たれた。

「いきなり？　まったく……もう少し話したかったけど『聖鎧《せいがい》召喚』！」

九条は白金に光る鎧《よろい》を召喚し自身を包んだ。腕を十字に交差し、氷古龍の放った息吹をその身に受ける。その余波は周囲を瞬時に凍らせ、地上にある森の木々は粉々に砕け散った。

「ひゅー、すごい威力だ。けど、ボクの聖鎧には通じないみたいだね」

『馬鹿な……我の息吹を受けて無傷だと？』

「フフフッ、勇者って信じてくれたかな？　『聖剣』も見せてあげてもいいけど、それじゃあすぐに殺しちゃうからね。これで削らせてもらうよ」

『聖なる炎よ　我　その力を統べる者　聖なる爆炎にて　敵を討て　聖炎爆裂《エクスプロージョン》』

九条から放たれた無数の白い火球が巨大な龍を囲み、それぞれが激しく爆発する。

『ガアァァァァァ――――』

次々に起こる爆発に、氷古龍はその巨体を激しく揺らす。厚い鱗は吹き飛び、鮮血が舞う。翼も破れ、もはやどのようにして空中に浮いているか分からない程の損傷を受けていた。

「中々しぶといね。どう？　ペットになる気になった？」

『貴様のような矮小《わいしょう》なるものに我が身を捧《ささ》げるなどっ！　死ね！』

氷古龍は、その巨体を九条に向ける。牙をむき出しにし、鋭い爪で九条を引き裂こうと突撃してきた。

「おっとヤバい『聖剣召喚』！」

白く光る聖剣を召喚した九条は、両手で聖剣を振り回し、無数の斬撃を氷古龍に放つ。とても剣術とはいえない、めちゃくちゃに振り回した剣だったが、発生した斬撃はいとも容易《たやす》く龍を切り裂いていく。

それでも氷古龍は止まらない。その瞳は真っ赤に染まり、刺し違えても九条を仕留める気だ。

「くっ！　もういいいっ！」

焦った九条は、素早く上空に上がり、龍との距離を空ける。

『聖なる光よ　我　その光を統べる者　光の力をもって　敵を貫け　聖斬閃光《ホーリーレイ》』

九条の両手から無数の光線が放たれ、氷古龍を貫いていく。蜂の巣のように風穴を開けられた氷古龍は、力なく地上に落下していった。

「あーあ、やっちゃったなぁ～」

九条はバツが悪そうに落ちた龍のもとへ降りていった。


その頃、馬車にいた南星也は視界に入った竜王国の首都に引き連れていた不死者を進軍させていた。亜竜や魔獣、人間の腐乱死体《ゾンビ》や骸骨《スケルトン》の軍勢。その殆《ほとん》どはオブライオン王国で調達した死体達だったが、竜王国への進軍中に遭遇した村や集落からも死体を調達し、不死者の数は一万を超えていた。

「なんて光景だ」

不死者の軍勢を後方で見ていた男が呟く。男の名はオブライオン王国第二騎士団の団長オーレン・ダイム。オーレンは自身の率いる騎士達と共に顔を青くしていた。

「だ、団長、宜《よろ》しいのですか？　あ、あのような……」

「言うな副長。陛下の勅命である。これから始まる竜王国との戦、我々は戦闘には参加せず、占領の準備をするだけだ。それより、もう少し距離を置く。馬が怯《おび》えてかなわん」

「一体、あの者は何者なんでしょうか？」

「随分前から王宮で客人扱いの黒髪の集団がいるのは知っているな？」

「はい。噂《うわさ》だけですが。何やらかなりの権力をもっているとか……」

「あの方達は『勇者』だ。陛下が古《いにしえ》の儀式で召喚されたらしい」

「『勇者』ですか？　随分若いように見えますが。それにあの禍々《まがまが》しい雰囲気はとても伝説の勇者とは思えません。第一、不死者を使役してるなど……」

「見た目は若いが一人一人が化け物みたいな強さらしい。近衛騎士のユリアンは知っているな？　勇者の一人に決闘を申し込んだが、一方的に嬲《なぶ》られたそうだ」

「えっ！　あのユリアンを？　近衛の若手の中で一番の剣士ですよ？　本当なんですか？」

「死なない程度に遊ばれて、目の前で婚約者を凌辱《りょうじょく》されたそうだ。まったく鬼畜な所業で本当の話か疑うが、ユリアンは近衛を辞して、婚約も解消された。事実だろうな」

「そんな……。そんな奴らが『勇者』ですか？」

「まあ全員じゃないだろうが、前にいる南殿も同類だろう。あれだけの不死者を平気な顔をして率いてるんだ。まともではなかろう」

「あれを許していていいのですか？　あの中には我が国の民も……」

「我らは従うほかない。それに逆らえばあれの一員になるぞ？　王都で軍務卿《きょう》の首を見ただろう？　その胴体は前にいるぞ？」

「ううっ」

「俺はあんな死に方はゴメンだ」

◆

竜王国ドライゼン首都。

「伝令ー！　伝令ー！」

王宮の玉座の間にて、竜王国の国王とその家臣達に急報が届いた。

「何事だ！」

「不死者の群れが突如現れ、真《ま》っ直《す》ぐこの街に向かってきております！　その数、一万以上！」

「「何だとっ！」」

「一体どういうことだ……？」

「不死者の群れが急に現れたなどと……何故気づかなかった？」

「首都近郊の村や集落を襲い、住人を不死化させたと思われます。知らせが無かったのもその所為《せい》かと。飛竜の偵察部隊を飛ばして確認しましたが、不死者の中に多くの同胞の姿があったと……」

「なんたることだ。すぐに避難……いや、間に合うまい。城門を閉じ、城壁の上に戦える者を至急配置につかせろ！　総動員だ！」

「飛竜部隊と重竜部隊を直ちに出動させろ！　首都へ辿《たど》り着《つ》く前に数を減らすのだ！」

「「はっ！」」

国王の命令に重臣達が追加で指示を出し、慌ただしく兵士達が散っていく。

街を囲む城壁には、竜人達の予測よりも早く不死者が押し寄せていた。

その上空では不死者の群れに魔法で散発的な攻撃を行っている『飛竜部隊』の姿がある。剣技と魔法に秀でた騎士が、飛竜を使役し戦闘を行う竜王国のエリート部隊だ。

「くそっ！　キリがない。しかもあれは……」

不死者の半数以上は国民である竜人だった。だがその姿はもはや生ある者とは言えない有様だ。目は白濁して生気はなく、腕や足などは欠損し、腹も食い破られ臓腑《ぞうふ》が垂れている。生々しい傷からは既に血は枯れ、それでも動き続けていた。

それに、先行して出陣した部隊は悉《ことごと》く不死者の軍勢に取り込まれており、敵を減らすどころか増強させていた。飛竜部隊の数は僅か五十騎程。万を超える不死者の群れに、部隊は効果的な対策を打てずにいた。

魔力が尽きた隊員から高度を落とし、長槍に切り替えて不死者を薙《な》ぎ払《はら》いに掛かる飛竜部隊。そこへ、光の矢が凄《すさ》まじい速さで飛竜を貫いた。

「さ、散開っ！　上空に退避だっ！」

隊長らしき男が叫ぶも、次々と光の矢に射《う》ち抜《ぬ》かれる飛竜達。その射程や速度は通常の矢の比ではなく、一撃で飛竜に風穴を開けていた。

何に攻撃されているかも分からぬまま、次々と飛竜が落ちる。落ちた側《そば》から隊員と飛竜が不死者の餌食になっていく。

「な、何が起こっている？　我らは空で無敵の部隊なんだぞっ！　こうも容易く……ぐはっ」

悲痛な叫びも虚《むな》しく、最後に残った隊長らしき男も光の矢で貫かれ、不死者の餌食となった。

「響ちゃーん、全然強くないよ～」

そう言って馬車の屋根から飛び降り、佐藤優子は退屈そうに馬車の中に戻っていった。

街を囲む城壁の上では、竜人の兵士達が群がる不死者を槍《やり》で攻撃している。既に矢は撃ち尽くされ、魔法が使える者の魔力も尽きていた。壁をよじ登ってくる不死化した同胞を槍で突き、蹴落とすも、その数が尋常ではない。逆に槍を摑《つか》まれ引き込まれた兵が喰《く》われ、不死化して同胞を襲ってくる。

追い打ちをかけるように飛竜部隊がなす術《すべ》なく撃ち落とされ、多くの兵士達が絶望していた。

「守護龍様……」

城壁の指揮を執っていた指揮官は祈るように声を漏らす。しかし、守護龍は現れない。

指揮官がふと気づくと、いつの間にか不死者達の攻撃が止まっていた。不死者の群れが左右に割れ、城門までの道ができる。そこへ馬に騎乗した騎士が旗を掲げて走ってきた。

「あれは……オブライオン王国の紋章？　人間が何故ここにいるっ！」

「攻撃を停止せよっ！　私はオブライオン王国、第二騎士団団長オーレン・ダイム！　貴国へ降伏の勧告をする者である！」

困惑する竜王国の兵士達。先程まで不死者の群れに襲われていたのだ。隣国の騎士が何故いるのか、まさか不死者の群れはオブライオン王国が操っているのか？　困惑しながらも、城壁の指揮官は黙って騎士を見る。

「竜王国ドライゼンに告げる。降伏せよ！　さすれば、民への危害は加えない！　返答期限は一時間。返答なくば、その後の降伏は認めず攻撃を再開する。以上だ」

（くそっ！　何故、騎士団長である私が伝令などせねばならんのだ！）

内心で愚痴を漏らし、後方へ去っていくオーレン。不死者の群れは、ゆらゆらと立ったまま、その場を動かなった。

一時間後。

「開門ー！」

城門から走竜に乗った威厳ある初老の男が大剣を手にして現れた。背後には二騎の護衛が随伴している。

いつの間にか城門付近まで位置を前進させていた巨大な馬車の前に、初老の男は近づいていく。

「指揮官と話がしたい」

初老の男の声を受け、お揃いのブレザーを着た少年少女達四人が馬車から出てくる。二人の少年は何やらニヤけた表情をし、二人の少女はつまらなそうに初老の男を見る。

初老の男は四人を見て、眉を顰《ひそ》めながらも声を張り上げた。

「ワシは竜王国ドライゼンの王、カリム・ドライゼンである！　オブライオンの蛮族どもよ！　我と一騎討ちにて勝負されたし！」

暫《しば》し呆気《あっけ》に取られた少年達。

「ぷっ」

「あはははは！」

「「くすくすくす」」

笑い出す少年達に、失笑する少女達。王に随伴していた護衛が怒りを露《あら》わにする。

「小僧どもっ！　何が可笑《おか》しいっ！」

「可笑しいに決まってるよね？　何、一騎討ちって？」

「そっちはもう完全に詰んでるのによー。一発逆転のチャンス下さいって、恥ずかしくないのかよ？」

カリム王と護衛達、それに城壁の兵士達も少年達の態度に怒りの表情を浮かべる。

「決闘を愚弄する気か！　国の王たるワシ自らの申し入れだぞっ！　オブライオンに戦の作法は無いのかっ！」

「そういうのいいから。大体、国交も無いのに作法とか言われてもね。降伏か死か、どっちか早く選んでよ。勿論《もちろん》、降伏するなら国民の命は保証するよ？」

「ふざけるなっ！　戦いもせず軍門に下るなど！」

「だからさぁ。こっちは勝ち確なんだよ、オッサン。決闘とか受ける理由ねーだろ。頭悪《わり》ぃーな」

「まあまあ。でも、国のトップが決闘って……ププッ。この世界の美学なんて知らないし、理解しようとも思わないけど、それで何か解決できると思ってるのがヤバいよね。一応聞きたいんだけど、僕らが一騎討ちで勝ったらどうするの？」

「好きにすればよかろう。その代わり、ワシが勝てば軍を引いてこの国を去ってもらう」

「ははっ、なんでそんな都合の良い条件を出せるのか理解できないけど、すごい自信だね。他の人もそれで納得するのかな？」

少年は随伴の護衛二人をチラリと見る。

「無論だ。王の言葉を違《たが》えることはせん」

「同じく」

「ああそう。言質《げんち》は取ったよ？　……白石さん、頼める？」

「あんまり強そうじゃないけど、まあいいわ」

高槻に呼ばれた白石響は、手に白い日本刀を持ち、前に出た。

「竜王国国王、カリム・ドライゼンである」

走竜から降りたカリム王が名乗る。

「白石響」

「小娘。貴様のような子供が相手とは舐《な》められたものだ。だが、容赦はせんぞ？」

「はぁ……」

ため息をつく響のその仕草に腹が立ったのか、カリムは眉間に皺《しわ》を寄せ大剣を鞘《さや》から抜く。

「抜けっ！」

響は刀を抜く素振りを見せず、無言でカリム王を手招きする。

「ええいっ！　どこまでも愚弄しおって！　後悔するなよっ！」

カリム王が大剣を振り上げ、響に向かってその剣を振り下ろす。身の丈もある大剣を軽々と振る動作は、とても年老いた男のものではない。

だが、カリム王が剣を振り下ろす前に、響の居合一閃《いっせん》。逆袈裟《けさ》に斬り上げられ、鎧ごとカリムを上下に分断した。その斬撃は後方の走竜をも両断し、両者の鮮血が噴き出す。

ドチャ

上半身が地面に落ち、何が起こったか分からないという表情のまま、カリム王は絶命していた。

「遅い。この間合いで振り上げるとか、そっちこそ舐め過ぎ」

刀を振り、刃に残る血を落とすと、華麗な動作で刀を鞘に納める白石。

「カックイイー！」

佐藤がはしゃぐ声を上げる。

「さて、それじゃあ国をもらうよ」

少年の一人、高槻祐樹はさも当然といった顔で、竜王国の兵士達を見る。

「「お、おのれぇぇぇ！」」

王に随伴していた二人の護衛は揃って剣を抜き、高槻に襲い掛かってきた。

「あーあ、礼儀知らずはどっちなんだか……『炎槍《フレイムランス》』」

「「ぐっ、ぎゃああああああああ」」

高槻の手から放たれた炎の槍が二人の護衛を瞬時に貫き、そのまま焼き殺した。

――『大賢者』――

高槻祐樹はあらゆる魔法の知識を有し、短縮した詠唱で魔法を瞬時に発動できる能力を持つ。魔力も膨大に有しており、その能力は魔術師系能力の中でトップクラスの性能を誇っていた。

瞬く間に王と護衛二人を殺した高槻達に、城壁の上にいた兵士達はただ沈黙するしかなかった。

そして、その後の悍《おぞ》ましい光景に更に絶句する。

「あーあ、真っ二つとか黒焦げとかさぁ～　もうちょっと綺麗《きれい》に殺《や》ってほしいぜ」

南星也は、愚痴りながら倒れた三人に手を翳《かざ》す。

『タマシイナキ　ムクロドモ　ワレニシタガエ』

黒焦げの護衛二人の死体がむくりと起き出し、カリム王の上半身と下半身を拾い合わせる。青白い顔をしたカリム王はそのまま動き出し、三人が揃って南の前に膝をつき、頭《こうべ》を垂れた。

この日、竜王国ドライゼンは僅か一日で陥落した。

「さあて、次はジルトロ共和国だ」

◆

「ふぅ……なんとか入ったな」

氷古龍ヘーガーを倒した九条彰は、手にした『魔法の鞄《マジックバッグ》』にヘーガーの死体を仕舞《しま》っていた。

「古龍といっても大したことなかったな。まあ、焦って慌てちゃったボクが言うのもなんだけど……ところで、そこで隠れてるキミ達。そろそろ出てきたら？」

「「ッ！」」

九条は振り向き、木々の茂みに視線を向けた。

「へ、ヘーガー様をどうするおつもりですか？」

そう言って恐る恐る茂みから現れたのは、白い髪と赤い目をした身なりの良い少女。その両脇には竜人族の兵士もいる。

「ヘーガー？　あー　この龍の名前か。ひょっとして追ってきたのかい？　随分勇敢だね。……どうするって、竜の死体は活用するに決まってるじゃないか。皮や骨は勿論、血や内臓も竜には捨てるところが無いからね。古龍ならその素材は竜より更に貴重だ」

「許しません！」

その言葉を合図に、両脇にいた兵士が槍を構えて前に出てきた。

「ボクがコイツを倒したところは見てたでしょ？　それじゃあ、勇敢じゃなくて無謀だ」

「ハッ！」

隙だらけで立っている九条をチャンスと見たのか、兵士の一人が地面を蹴って九条に接近し、槍を突き出した。その穂先が九条の胸を捉えるも……。

ガキンッ

「なっ！」

槍は九条には刺さらず、硬い金属に当たったように弾《はじ》かれた。

「聖剣召喚」

九条の手に光る聖剣が現れる。

「はいご苦労さん」

「あびゃっ」

棒でも扱うようにぞんざいに振られた聖剣は兵士の構えた槍ごとその身体《からだ》を真っ二つに両断した。

「くっ！　殿下、お逃げ下さい！」

もう一人の兵士は白髪の少女を守るように前に出て槍を構えた。

「キミもご苦労さん」

ブンッ
「はおっ」

九条は聖剣を軽く素振りすると、数メートル先にいる兵士に斬撃が飛んだ。兵士は何が起こったか分からないまま胴体を分断され、血と臓腑を撒《ま》き散《ち》らして絶命した。

「イヤァァァアアアア！」

「ん？　さっきまでただの色素欠乏のアルビノだと思ってたけど、キミのその瞳……『竜眼』かな？」

「なっ、何故それを！」

「ははっ、やっぱり。中々イイものを持ってるじゃないか。よし、キミは生かしておこう」

「人族がどうして竜眼の存在を……？　知っているはずが……」

「闇の力よ　我が力となり　永久の眠りへ誘《いざな》いたまへ　『強制睡眠《スリープ》』！」

「しまっ――」

白髪の少女は九条の魔法を受けて急激に瞼《まぶた》が重くなる。襲ってくる睡魔に抗《あらが》えず、その場に倒れて深い眠りについてしまった。

「殿下、か。この国のお姫様ってとこかな？　古龍の他にいい土産《みやげ》ができた」

第四章　強者

【旅路の訓練】

　レイとリディーナが自由都市マサラを出発して一ヶ月。二人はオブライオン王国国境の町まであと一日という距離まで来ていた。マサラを出てから二つの町を経由し、何事も無く旅してきた二人。町から町への道中は、昼に移動し夜は魔法と剣術の訓練を行い、町では風呂付きの宿で休息するというスタイルで二人は旅していた。

「明日は、いよいよ国境ね」

「国境か。何か注意点はあるか？」

「特に無いわね。身分証明と移動の目的を話すだけだけど、私達は冒険者。しかも、私は他国のB等級だからそんなに気にすることはないわ。良かったわね？　私と一緒で！」

「……ちなみにこの国の低ランクの冒険者だったらどうなるんだ？」

「まず、C等級なら正当な依頼が無いと国境は通過できない。一番良いのは国境を越える要人や商人の護衛依頼を受注していることね。でも、国外への護衛依頼を受注するのは大変よ？　国によって治安の度合いが段違いだし、信頼関係の無い冒険者を長期の護衛に雇う人間は殆《ほとん》どいないわ。国内でツテを作るか、実績を積んで信用と実力のある冒険者として証明しないと護衛依頼で国外に出るのは難しいわね。まあ、B等級以上の冒険者になればそんな制約は無くなるけど」

「気が遠くなりそうだな」

「私とパーティーを組んで良かったでしょ？」

「そうだな。リディーナ様様だよ」

「うむ。感謝したまえ〜♪」

上機嫌なリディーナ。確かにリディーナがいなければ、ドワーフの国へ行くことも無かったし、国境を越えて他国へ行くのも随分先のことだった。ここは素直に感謝しておく。

「昔はこの国と隣の『ジルトロ共和国』の国境検問所があるだけだったんだけど、今は小規模な町ができてる。けど、この国の出国証明を取ってさっさと隣の街へ行った方がいいから殆ど通過するだけね」

「出国証明？　面倒そうだ」

「別に面倒じゃないわよ？　冒険者証を提示して出国の記録をしてもらうだけだから。でも、大概どこの国境でも偽装看破の魔導具があるから、うっかり偽装魔法でエルフだってことを隠したままにしたら面倒ね。虚偽がバレたらあれこれ煩《うるさ》いから。まあ、偽装しなくても私はB等級冒険者だから亜人って分かってても大丈夫よ」

「ふーん。……そう言えば、『ジルトロ共和国』ってのはどんな国なんだ？」

「簡単に言えば、貿易に特化した商人の国ね。気難しいドワーフとやり取りして、武具や金属加工品なんかを扱う商人が集まる国よ。ドワーフと直接取引するより効率的とかで、メルギドに行くよりジルトロに行く商人の方が多いみたい」

「そんなにドワーフとのやり取りが面倒なんだな……」

「まあメルギドに行けば分かるわ」

「……ひょっとして酒か？」

「あら、よく分かったわね。レイのいた世界にもドワーフがいたの？　亜人はいないって聞いた気がするけど？」

「いないのは本当なんだが、なんとなくな」

どうやら、ドワーフは生前読んだ創作物そのままのイメージらしい。酒に目が無く、アルコール耐性が非常に強い種族。商売の為でもドワーフとの酒の付き合いは大変そうだ。中間業者がいるならその方が効率的、いや、人によっては割高でも利用するかもしれない。

（まあ、今の俺はどれだけ飲んでも潰れることは無い。酒を楽しめないのは辛《つら》いところだ）

◆

太陽が真上から少し西に傾いた頃、二人で分担して野営の準備を始める。もう手慣れたものだ。早い時間に設営するのは訓練に時間を充てる為だ。この一ヶ月、俺は剣術の手解《てほど》きや魔法の考え方をリディーナに教え、リディーナは俺にこの世界の話や常識を教えてくれていた。夜は、地球のことをリディーナに話すのが日課になっていた。

無論、教えているのは基礎までだ。俺の修めた『新宮流』には人を殺傷する為の様々な奥義があるが、全てを教える気はない。というより、基礎ですら普通は何年も掛かる。仮に教えた技術が悪用されても、今教えている内容など脅威にはなり得ない。

しかし、リディーナは天才だった。物事を感覚的に捉えることに優れていて、俺が教えたことを見様見真似《まね》で驚くべき早さで習得している。

魔法においては、風と水の精霊に加えて雷の精霊とも契約を交わすに至っていて、これはリディーナ曰《いわ》く、他のエルフでは前例が無いことらしい。大抵のエルフが生涯で契約できる精霊があっても一種類。極稀《まれ》に二種類と聞くと、リディーナの異常性がよく分かる。

剣術においても、指導者がいれば指摘されるような癖の矯正や、新宮流の技のいくつかを習得し、実戦で使えるレベルまであと一歩というところまできている。これには俺も驚いている。今まで自分が長い年月で培ってきた技術を僅か一ヶ月で次々に習得していくのだ。当初は教え甲斐があるくらいに思っていたが、今やどこまで教えるか迷う程だ。

しかしながら、それは俺にとっては助かっている面もある。自分一人での鍛錬には限界がある。新しい身体《からだ》に慣れ、以前の技量を取り戻すのに相手がいるのといないとでは費やす時間に雲泥の差があるのだ。もっとも、相手の力量が自分と近いか上でなければ意味は無いが、リディーナはそう遠くない内にそのレベルに達するだろう。それ程の才能だ。

「よし、じゃあ今日も始めるか」

「宜《よろ》しくお願いします」

野営の設置が終わり、剣術の訓練を始める。木刀などは使わず真剣での訓練だ。

訓練では身体強化の使用は禁止している。この世界では実戦において身体強化は必須だ。しかし、強化の効果を上げる為と、力に頼った技術を捨てさせる為にあえて強化魔法無しで行っている。

実戦経験もあり、殺しに慣れているリディーナに木刀での訓練は時間の無駄だ。実戦では一刀に命を懸けねば死ぬのだ。何百回と木刀を振ろうが、真剣での一振りには及ばないというのが俺の師匠の言葉であり、俺もそう思う。

リディーナは身体強化に加えて風の魔法で素早さを上げていたので、剣の握りや力の入れ方、体幹など、修正部分は多々あった。剣術に限らず、全ての武術は自分の身体を自由に動かす身体操作が重要になる。今まで魔法で誤魔化《ごまか》していた部分を矯正し、身体の使い方を身に付けるだけで実戦では大分違うはずだ。

「まだ握りに力が入ってるな。床に置いた剣を持ち上げるぐらいでいい。力を入れるのはインパクトの瞬間だけだ」

リディーナの打ち込みを受けながら指導する。時折受けるタイミングをずらして適宜癖の矯正具合を確かめる。命のやり取りでは日々の反復が生死を分ける。いくらリディーナの筋が良いとはいえ、こればかりは繰り返し鍛錬するしかない。優れた技や力も無意識に繰り出せるよう身体に染み込ませねば実戦では役に立たないのだ。

「よし、こんなもんでいいだろう。次は『霞《かすみ》』だ」

「今日こそ完璧にいなしてみせるわ」

新宮流『霞』。

通常、刀同士の立ち合いでは、刃を合わせることは忌諱《きき》される。映画やアニメのように刀同士をキンキン当てることは、刃が折れたり、欠ける原因になる為だ。しかしながら、そうは言っても実際の戦いでは刃を刃で受け止めることは避けられない。必然的にどの流派も受けの技術が生まれる。

新宮流では刃の破損を避ける為と、相手の体力を消耗させる為に刃が当たる瞬間に受け流す『霞』という技がある。いわゆる受け流しの一種だが、新宮流のそれは極めれば相手に空振りに近い感覚と体力の消耗を与えることができる。新宮流ではいかなる状況においても『霞』が求められるが、基礎中の基礎とはいえ、俺もこれが自然にできるようになるまでかなりの年月を要した。

刀と細剣では形状が違い難易度は変わるが、やることは同じだ。

「では、行くぞ！」

俺はリディーナに貰《もら》った魔銀製の片手剣で連撃を繰り出す。あえてリディーナの細剣に当てるように振り抜き、技の習得を促す。今までのリディーナの成功率は七、八割。

「くっ！」

一辺倒の斬撃から徐々に多方向への斬撃にシフトし、剣速を少しずつ上げながら変則的な動きに移していく。その全ての剣を『霞』でいなすリディーナ。ここまでやれるのに僅か一ヶ月、驚異的と言わざるを得ない。

「ハッ！」

最後の斬撃も『霞』で見事にいなし、俺の首元に細剣が寸止めされた。

「……お見事」

「ッ!?」

満面の笑みになるリディーナ。余程嬉《うれ》しかったのだろう、よっしゃと拳を握り震えている。まさかこんな短期間でモノにするとは。今までの俺の血のにじむような鍛錬は一体……。

「天才なんて言葉じゃ利かないな」

「ウフフッ。褒めてもらって嬉しいわ。初めは全然できなかったもの。見てよこの剣、刃こぼれだらけでメルギドに行ったら何言われるか分かんないわ」

「勉強代だと思うんだな。俺だって習得前は何度も研ぎ師に頭を下げたもんだ。それにまだ『受け』の基礎を習得しただけだ。次の『朧《おぼろ》』は難しいぞ？」

「おぼろ？」

「剣を正面に構えてみろ」

俺はゆっくりリディーナの構える細剣に向かって剣を振った。そのまま細剣に当てることなく、すり抜けるようにしてリディーナの首元にピタリと剣を置く。

「これが『朧』だ」

「ちょ、ちょっと！　今、剣がすり抜けたわよ！　どんな魔法なの？」

「魔法じゃない。剣術だ。コツは手首とか握りを変えて身体の軸移動でそう見せてる。口で説明するのは難しいな……もっとゆっくりやってやるから視力を強化して見て覚えろ。剣じゃなく、俺の身体の動きをよく見るんだ」

新宮流『朧』。

他流派の剣術でもある技術だが体得者は非常に少なく、文献や口頭での習得が非常に困難な技の一つだ。極めれば相手が訳も分からぬまま斬ることができる。

「刺突中心のリディーナには使う機会が少ないかもしれないが、応用はできる。それに、こういう技があるということを知っているか否かが実戦では生死を分ける」

「ホント、レイといると退屈しないわね」

「ほら、感心してないでやってみろ」

こうして野営の日は日が暮れるまで剣の訓練を続ける。

◆

日が暮れて夜になると、休憩を挟んで個別に魔法の訓練だ。

リディーナは雷属性、俺は体術を交えながら様々な魔法をそれぞれ練習する。魔法の練習は目立つので、街道から離れた森の中で行う。特にリディーナの雷属性はかなり目立つ。

今やかなりの精度で雷をコントロールできているリディーナ。詠唱の短縮も慣れたものだ。

「よし、リディーナ、俺に撃ってこい」

最後の締めにと、俺はリディーナに魔法を撃ってもらう。ある魔法の実験の為だ。

「え？　何言ってるの？　加減なんてまだ無理よ？」

「大丈夫だ」

「……新しい魔法？」

「まあそんなところだ」

「本当に大丈夫なの？」

「大丈夫だからさっさと頼む」

こんなやり取りも最早《もはや》日常だ。新しく覚えた魔法や試したいことを、毎回リディーナに無茶振りしている。

「……分かったわ。行くわよ！」

「いつでも来い」

――『雷撃《ライトニング》』――

俺は身体強化魔法で視力を強化し、紫電が当たる寸前に実験中の魔法を展開する。雷魔法ばかりは身体強化を数段上げても視認することは難しい。だが、放つことが分かっていれば何とかなる。

――『歪空間《ディストーション》』――

リディーナの放った電撃が、吸い込まれるように消えた。

「な、何今のっ！」

「空間魔法ってヤツだ。亜空間を作って攻撃魔法をそこに入れた」

「空間魔法……亜空間って……何？」

「説明が難しいな……魔法の鞄《マジックバッグ》があるだろ？　アレだよ。魔法で別の空間を作るんだ。ただ、結構キツイ。魔力がごっそり持ってかれる上、瞬間的にしかまだ生み出せない。一日に使えるのは頑張って三回くらいだな。まだ改良の余地もあるし攻撃にも使えそうなんだが、あまり回数を練習できない。今できるのはあの程度だ」

「十分凄《すご》いわよっ！　ひょっとして魔法の鞄も作れるってこと？」

「さっきも言ったが、亜空間を瞬間的に生むことしかまだできない。空間の安定もさせていないから入った物がどうなるのかもまだ不明だ。特定の空間を生み出して維持、固定、安定化させつつ、少しの魔力で開けるその鞄《かばん》が異常なんだ。おまけに空間内の時間も止めてる。鞄の制作は無理だな」

「えー　残念。でもホント凄いわね。私にもできるかしら？」

「うーん、厳しいな。俺もこればかりは説明が難しい」

「むぅ。……まあいいわ。レイがそう言うってことは相当難しいのね」

「それより、メシにしよう。腹が減った」

「そうね。そうしましょう」

◆

深夜。

夕食を終え、紅茶を飲みながらの談笑もそこそこに、そろそろ交代で仮眠を取ろうとしたその時、俺の探知魔法に反応があった。

リディーナも気づいたのか、反応があった方角に目を向けていた。

「何かしら？　随分遠くみたいだけど……」

「人間より一回り大きい二足歩行の生き物が十体。探知範囲ギリギリだ。まだ何体かいるかもな」

「豚鬼《オーク》？」

「かもな。明日俺達が行く予定の町に移動中だ。どうする？」

「仕方ないわね、行きましょ。町が襲われて検問所が閉まったら足止めよ？」

「そうだな」

俺達は剣を取り、身体強化を施し走り出した。

◆

闇に紛れ、遠目から魔物の群れを確認し、風下から様子を見る二つのシルエット。

「やはり豚鬼か。数は十二体。多いな」

「森の奥にもっと大きな群れがいるのかもしれない。豚鬼の習性、知ってるでしょ？」

豚鬼《オーク》。

体長二メートルから三メートル。人間より一回り以上大きく、凶暴で好戦的な魔物。下顎から二本の牙が生え、ブタのような顔の醜い容姿と強烈な体臭が特徴だ。殆どの個体が雄で、稀に生まれる雌を中心に群れを形成する。

中でも小鬼《ゴブリン》にも共通する習性として、性欲が非常に強く同種以外の雌と交配が可能なことが挙げられる。特に人間の女を好んで襲う。男は問答無用で食い殺されるが、女は殺さず巣に持ち帰り、苗床にして死ぬまで繁殖に使うという悍《おぞ》ましい習性がある。小鬼と同じく、魔石以外に素材としての価値は無いが、その習性から駆逐の優先度が高い。肉は食べられるらしくそれなりに美味らしいが、魔物とはいえ人型の肉を食すことは一部を除いて忌諱される。

森の浅い場所にいるのは群れから逸《そ》れた個体で、遭遇するのは一、二体程の少数であることが殆どだ。今回のように十体以上が人間の領域に現れるのは珍しい。

「仕方ない、狩るか」

レイとリディーナはそれぞれ剣を抜き、互いに目配せすると、散開して闇夜の森に消えた。

風下からオーク達の背後に回るレイ。光学迷彩を施し、気配を殺しながら豚鬼の首を次々と片手剣で刎《は》ねていく。

群れの側面からは、リディーナの風刃が無音で放たれ、二、三匹まとめて豚鬼を薙《な》ぎ払《はら》う。

豚鬼達の注意が側面に外れる。気づけば半数にまで減って動揺した豚鬼達を、レイは火属性魔法の『炎壁《ファイヤーウォール》』でぐるりと囲んだ。

徐々に炎の壁を狭くしていき、炎が消えた頃には、炭化した豚鬼の死体が残っていた。

「あれで全部？」

「全部で十二体。他に反応はない、クリアだ」

「魔石だけ抜いてさっさと帰りましょ」

「死骸はどうする？」

「放置しましょう。明日、ギルドに報告するわ。証拠を残しておけば本気で調査するはずよ」

冒険者が魔物を目撃した場合、冒険者ギルドに報告義務がある。特に小鬼や豚鬼は、放置して村や町が襲われれば爆発的に増えてしまう。小鬼や豚鬼に襲われた雌は種族を問わず妊娠期間が短くなり、産まれた個体は約一ヶ月で成体まで成長してしまう。小鬼はともかく、豚鬼の場合は身体強化を使える者が、倍の人数であたることをギルドは推奨している。発見後は早期に対処しなければならないが、報酬や人員の問題で一、二匹の目撃情報では大した調査は行われないことが多い。

十数体の死体を残しておくことで、後に調査に来た者への証拠になる。本来なら豚鬼の耳や牙を証拠として持ち帰れば討伐の証明になるが、国境を越えるまでは余計な時間を掛けたくないので、魔石以外の素材の回収はしない。

「まったく、ほんとファンタジーだな」

月明かりに照らされた豚鬼の死体を見て、レイはそっと呟《つぶや》いた。

◆

翌朝。

早朝から数時間程馬を走らせると、街道の先に小さい町が見えてきた。丸太で組み上げた塀は、簡素なように見えて中々頑丈そうだ。周辺の森を切り開いて建てたのだろう。

「あれが国境か？」

「そう。正確にはこの国の検問所がある町ね。名前は何だったかしら……ちょっと覚えてないわね。その気になれば、森を突っ切って国境を越えられるけど、ここで冒険者証を出して国境通過の記録を残しておかないと後で面倒だからなるべく通るようにしてるの」

その辺りは、地球も同じだ。島国である日本では実感できないが、大陸では国境を歩いて渡れる所はいくらでもある。しかし、パスポートに出入国の印が無ければ何かあった時に問題になる。国境を渡る際にはこういった場所を経由しなくてはならない。

「今後は予定どおり、ジルトロに入ったら依頼を受けながら進む。早いとこリディーナの等級に追いつきたいしな」

「この国を出たら、依頼の難度も上がるから昇級までの依頼数はオブライオン王国より少なくて済むはずよ。頑張ってね」

「だといいな」

驚いたことに、町の入口の門はフリーパスだった。門番はいるが、門の管理だけしか業務は無いらしい。

「国境の町だからよ。国境を渡る商人なんかを相手に町ができたってとこだから、小さな自治区みたいなものかしら？　それより先にギルドへ行きましょ。宿はジルトロ側の方が質がいいから報告をさっさと済ませて、検問所へ行くわよ」

「仰せのとおりに」

町の冒険者ギルドはどうやら簡易出張所のようだ。他の主要な街に比べてかなり簡素な作りで、掲示板も一つしかない。だが、張り紙は無い。依頼が無いのだろうか？

「なんか用かい？　ねーちゃん」

受付にいるゴツい中年男に話し掛けられる。受付の職員だろうか？　今まで受付は若い女ばかりだったので、えらいギャップだ。

リディーナは、首元から銀色に光る冒険者証を出して受付の中年に見せる。

「び、B等級！　こりゃ、失礼しました……。へへへ」

「豚鬼の目撃情報よ。先を急ぐから報酬はいらない。さっさと周辺地図を出して」

魔物の目撃情報には僅かだが報酬が出る。だが、その情報を元にギルドが調査して正しい情報か確認できなければ当然支払われない。報酬を受け取るなら数日は滞在することになる。大した報酬額でもないので、ここはスルーする。

リディーナが地図を指差し、昨夜の豚鬼の件を所々端折《はしょ》りながら説明している。目撃した豚鬼は始末したが、どうやって倒したかなどその詳細は話す必要はない。受付の中年も当然それは承知のようで、戦闘の詳細は聞いてこない。ギルドとしては魔物の存在と討伐されたかどうかが分かればいいのだろう。

周囲を見渡すと、冒険者達が暇そうにして朝から酒を飲んでいる。

「いつもこんな感じなのか？」

思わず尋ねた。

「ん？　あ、ああ。最近はずっとこんな感じだ。ジルトロから商人が来ないからな。こっちの商人も行ったっきりだ。何やらこっちの商品が売れないってんで、向こうで足踏みしてんのさ。ここは護衛の仕事が殆どだからな。商人が来ねぇんじゃこっちも仕事がねぇんだよ」

受付の中年男は、そう言いながら張り紙の無い掲示板を指差す。

「商品が売れない？　何かあったのか？」

「さあな。こっちの作物が売れなきゃ、売った金で仕入れができねぇ。売れずに戻るわけにゃいかねんだろ。ここは長いがこんなことは初めてだ。お前さん達、国境を越えんのか？　だったら気をつけな。商人共が詰まってる所為《せい》で野盗が集まってきてるって話だ。この町にもやたら小汚《こきたね》ぇヤツが増えた。奴等の斥候だろう。つっても取り締まれる奴なんかいねーがな」

ここに来る途中でも衛兵の姿は見ていない。それでも町としての機能が保たれているのは、冒険者の多くが商人との関係を重視し、自制しているからだろう。トラブルを起こすような冒険者に護衛を依頼する商人はいない。仕事を得る為には大人しくておくということだ。別にトラブルを起こすのが冒険者だけとは限らないが、町のそういった雰囲気が表立った犯罪を抑制しているのかもしれない。野盗の斥候などが町に入り込んでたとしても、町の住人が冒険者だらけなら衛兵がいなくても犯罪は起こり難《にく》いのかもしれない。

「情報提供感謝する。だが、豚鬼が十二体か。ウチじゃ対処できねーから隣街に振らなきゃなんねーな」

受付の中年男は、チラリと他の冒険者を見る。あれだけ冒険者がいて対処できないと言い切るのだ。護衛依頼目的の冒険者達なのだろうが、実力は知れたものなのだろう。

「じゃあ、私達は行くわね」

ギルドを出て、俺達はそのまま検問所へ向かう。検問所では暇そうにしている衛兵と、立派な城門が二重に設置されていた。一つ目の門を潜り、受付で待機している衛兵に声を掛ける。

「B等級冒険者のリディーナよ。出国手続きをお願い」

「F等級冒険者のレイだ。同じく手続きを頼む」

首から冒険者証を出して衛兵に手続きを頼む。フードを取ったリディーナに一瞬驚いた顔をした衛兵だったが、B等級と知って慌てて表情を戻す。

「同じパーティーか？　登録は？」

「してるわ、パーティー名『レイブンクロー』よ」

「……通ってよし」

衛兵は書類に記入し、半券のような紙切れを寄越《よこ》して二つ目の門を開けた。リディーナの言っていたとおり、やけにあっさりしている。やはりB等級冒険者の恩恵だろうか？

「(偽装看破の魔導具ってどれだ？)」

小声でリディーナに聞く。

「(二対の門がそうよ。偽装魔法もそうだけど、魔法効果のある魔導具もここを潜ると一旦解除される仕組みよ)」

(中々ハイテクだ。空港の金属探知機やX線検査みたいなものか……)

検問所を出ると、一面の森に真っ直《まっす》ぐ切り開いたように街道が通っており、ここからは徒歩で進むことになる。自前の馬や馬車を持っていればその限りではないが、レンタルでは国境を渡れない。隣国の検問所まで徒歩で二日、身体強化で走って数時間程の距離らしい。門を潜ってすぐ隣国という訳ではないようだ。国と国の間には魔物が生息する森が広がっており、それが国を隔てる広大な国境線となっている。

検問所を出た俺達は、身体強化を施し走って街道を進む。日が暮れる前に隣国の検問所へ行き、宿を確保する為、急ぐことにした。

「これでしばらくオブライオンともお別れだな」

「フフッ、ジルトロに入ったら驚くわよ？」

「それは楽しみだ」

【野盗】

オブライオン王国の検問所を出て隣国に向けて街道を走っていると、探知魔法に人の反応があった。リディーナを手で制止し、街道から外れて森へ入る。

「この先に人間の反応だ。数は街道に五人。その左右の森に七人と八人。合わせて二十人だ」

「ホント便利よね、ソレ。……左右に分かれてるって待ち伏せしてるってこと？」

「かもな。街道を塞いでるのは間違いない。ちょっと見てくるからリディーナはここにいろ」

「えー、一緒に行くっ！」

「見てくるだけだ、すぐ戻る」

俺は、光学迷彩の魔法で姿を消し、その場を後にした。

「んもうっ！　ズルーイ！」

街道沿いに進むと、横転した荷馬車と馬の死体、それを取り囲んだ男達が見えてきた。男達は荷台から大きな麻袋を蹴り落とし、中身の穀物をぶちまけている。

「お頭《かしら》ぁー　コイツもハズレですぜー！」

小汚い男が刃こぼれだらけの剣を手に叫ぶ。荷台を漁《あさ》っていた同じような男達も合わせて首を横に振っている。

「ちっ、またかよ。噂《うわさ》はマジだったか。とりあえず何でもいい、金目のもんだけ頂いとけ！」

「「「へーい」」」

この世界は一歩街の外へ出れば無法地帯といってもいい世界だ。領地を治める領主は街道を中心に兵士や騎士を巡回させて領内の治安維持に努めるが、国境沿いでは魔物の存在と管轄が曖昧なこともあって、完全な無法地帯と化している。魔物やならず者と遭遇した場合は、武力を以《もっ》て排除するか、逃げるかの二択しかない。

武力に自信が無ければ逃げるしかないのだが、現実には逃げ切ることは難しい。道に罠《わな》を張られたり、荷を積んだ重い馬車では追手を振り切ることが困難だからだ。必然的に護衛を雇い、武力を以て脅威の排除を行うことになる。

野盗に対しては、捕虜は捕らない、捕虜にならないが原則だ。つまり皆殺しだ。仮に野盗を捕縛して衛兵に突き出したところで、連行した野盗が野盗であるという証明は困難であり、武装解除して解放したとしても、しばらくすれば解放した野盗が別の誰かを襲うことになるからだ。

野盗に襲われ、制圧された場合は最悪の事態が待っている。荷は全て奪われ、男は皆殺し、女は闇の奴隷商人に売られるか、死ぬまで強姦《ごうかん》される。

貴族の子女などは自決用の短剣を携帯しており、野盗に捕まるぐらいなら自決しろと教えられる。何故《なぜ》なら助けなど来ないからだ。

野盗に関しては、現代地球でも考え方は似ている。紛争地域など法が機能していない地域ではこの世界と同じように野盗の存在は無視できない。銃を突きつけ「手を上げろ」なんて優しい野盗は映画の中だけで、現実は問答無用に殺しにくる場合が多い。殺して無力化してから奪う方が簡単だからだ。降伏したとしても殺される可能性の方が遥《はる》かに高いだろう。

傭兵《ようへい》時代に何度も輸送トラックの護衛任務についた。最初に教わるのは怪しい者を見かけたなら、襲われる前に攻撃しろだ。国際法や交戦規則など守っていては命がいくつあっても足りない。正規軍のように無人機や偵察衛星でのサポートなどなく、襲われたり拉致されても誰も助けになど来ない。野盗に殺されたり、拉致されて拷問されるくらいなら、後に問題になろうが先進国で裁判を受けて刑務所に入った方が何倍もマシと考える傭兵は多い。

襲われた荷馬車の主は、既に息絶えているのか荷馬車の脇に転がってピクリとも動かない。護衛の姿が見当たらないので、護衛を付けていなかったか、逃げられたのかもしれない。いつも思うが、安全に金をケチれば失うのは金ではなく命だ。

野盗達が撤収する前にリディーナを連れてこようと、俺は来た道を戻ることにした。

◆

ソワソワしながら落ち着きなく待っていたリディーナの前に、光学迷彩の魔法を解除して姿を現す。リディーナは頬《ほお》を膨らませて何やら不機嫌だ。

「もうっ！　置いてかないでよっ！」

「すまんすまん、それより急ぐぞ。予想どおり野盗だった。荷馬車を襲ったらしいが金目の物が無かったらしい。奴等が撤収する前に行くぞ。見た感じ大した連中じゃない。リディーナ、身体強化を使っていい。剣だけで仕留めろ」

途端に笑顔になるリディーナ。

「攻撃魔法は使うなよ？　弓を持った奴は俺がやる。万一、魔法を使う奴がいても俺が受け持つ。行くぞ！」


「頭《かしら》ぁー、前から誰か来やすっ！」

リディーナは身体強化を施し、細剣を抜いたまま一直線に野盗の集団に突っ込んでいく。風のような速さで瞬時に先頭の男を斬り捨て、返す刀でもう一人斬り殺す。野盗達の簡素な装備では、リディーナの魔銀製の細剣の前には何の役にも立たず、簡単に斬り裂かれていく。

「な、なんだ、てめぇはっ！」

斬り掛かった野盗の剣を『霞《かすみ》』で難無くいなし、野盗が盛大に空振る。体勢を崩した野盗の首をあっさり刎《は》ね、動揺する野盗達を容赦なく突き殺す。

俺は光学迷彩で姿を消し、弓を持った男達を背後から素手で首を折り、静かに無力化していく。全員がリディーナに注目しているので、俺にとっては簡単な作業だ。

（どうやら魔術師はいないようだな）

詠唱をする者がいないか、残りの野盗達を注視しながらリディーナを見守る。

激しく動き過ぎたのか、リディーナのフードが捲《まく》れ、美しい顔と長い耳が露《あら》わになった。

「「ッ！　エルフだっ！」」

「しかも上玉だっ！　テメーら、死んでも捕まえろっ！」

頭と呼ばれていたリーダーが戦斧《せんぷ》を振り回しながら男達に命令する。やられているにも拘《かかわ》らず、エルフであるリディーナに興奮しているのか、現実が見えていない。

それは他の野盗達も同じらしく、実力差を忘れる程興奮し、リディーナに次々に襲い掛かっていく。捕まえた後のことでも想像してるのだろうか、全員表情がだらしない。

（現在進行形で殺されてんのに捕縛指示とか正気じゃないな。まあ、全力で殺しに行ってもリディーナには勝てないだろうが……それにしてもほんと、飢えた奴ばかりだ）

欲望丸出しでリディーナに迫る野盗達だったが、誰もが触れることすらできずにリディーナに斬り捨てられる。瞬く間に野盗の数が半数以下になり、ようやく現実に引き戻されたのか、何人かが後退《あとずさ》りし始めた。

「調子に乗りやがって！　どけっ！　俺がやるっ！」

リーダーの男が、戦斧を構えて前に出てきた。

「もういいっ、死ねや！」

リディーナに向かって真っ直ぐ斧《おの》を振り下ろすリーダーの男。捕縛は諦め、殺しにかかってきた。

――『朧《おぼろ》』――

リディーナの細剣は戦斧をすり抜け、斧がリディーナに当たる前に、リーダーの男の首を刎ねた。

「「ひぃ！」」

「に、逃げろっ！」

俺は逃げ出した残りの野盗を風魔法の『風刃《ふうじん》』で切り裂き、一人残らず始末する。

「残敵無し、クリアだ」

「ふぅー、どうだった？」

「……見事だった」

正直、最後の『朧』は鳥肌が立った。これが天賦の才というヤツなのだろう。昔、師匠から俺には剣の才能は無いと言われたが、今はそれが理解できる。当時は剣の才能なんぞ別にいらないし、剣なんて役に立たないからどうでもいいと思っていたが、こうして才能ある者を目の当たりにすると、今までの鍛錬は何だったんだと軽く凹《へこ》む。俺には無かった剣の才能。そう遠くない内にリディーナに教えることは無くなるかもしれない。

「何よニヤニヤしててっ！　もうっ！　もっと褒めてよっ！」

「フッ、二十年若かったら嫉妬してたかもしれないな」

「何よそれー　全然褒めてなーい！」

【魔導列車】

野盗を殲滅《せんめつ》し、俺とリディーナはそのまま街道を進む。

本来であれば、死体は燃やすか埋める処置をするが、死体の数が多く、血の臭いで魔物が群がってくる恐れがあったのでそのまま放置した。殺された商人の遺体から身元が分かるものだけ回収する。ジルトロ側の検問所を通ってきたのは間違いないので、衛兵に報告する為だ。

俺達は身体強化を施し、走って街道を抜ける。探知魔法にいくつか魔物らしき反応があったが、無視して進むことにした。

この世界の国境は、こうした森で隔たれており、国家間の戦争が殆ど無いのも、森を切り開くコストに見合わないからだろう。

昼食も摂《と》らず、僅かな休憩を挟んで街道を走ると、前方に大きな城壁が見えてきた。

「見えてきたわ、あれがジルトロ共和国の国境よ」

『ジルトロ共和国』

隣国のドワーフ国『メルギド』の商品を一手に扱うことで発展した商人の国。大陸中から多くの商人がドワーフの武具や鉱石、鋼材を求めてこの国に集まる。元は大きな商会の集まりであり、大陸では珍しい議会制の政治体系で君主はいない。貴族の代わりに『議員』と呼ばれる有力者が国を管理運営している。

「ここら辺は国の端っこだからそうでもないけど、首都なんかはオブライオンとは全然違うわよ？」

「端っこね……それにしては随分立派な城壁だ」

オブライオン王国側の丸太の城壁とは比べ物にならない石造りの立派な城壁だ。衛兵の数も王国側の検問所の倍以上はいる。それに、王国では見かけなかった『弩《おおゆみ》』が城壁の上に設置され、兵士の装備も質が格段にいい。

城門の衛兵に冒険者証とオブライオン王国の出国票を提示する。この国でもエルフは珍しいのか、若い衛兵がリディーナを好奇の目でジロジロ見てくる。

「途中で荷馬車が野盗に襲われていたわ。これが持ち主の遺品。野盗は殲滅してあるけど、後の処理はお願いね」

目を見開いて驚いた若い衛兵だが、隣にいた年配の衛兵が若い衛兵の頭を小突いて処理を引き継ぐ。遺品を受け取り淡々と事務処理を行い、俺達は『ジルトロ共和国』へ無事入国することができた。

地球では海外に赴く際、出国より入国の方が検査が厳しい。戦争が無いとはいえ、やけにあっさり入国できるものだとこの世界の国家間の仕組みに不思議な思いだ。

（これも冒険者という職業の特殊性か……）

「バカヤロウ。何見とれてやがんだ、しっかり仕事しろ！」

「へへ、すんません。エルフって初めて見たんで。でもすごい美人でしたね」

「はぁ……。お前、あの冒険者証見なかったのか？　B等級だぞ？」

「そりゃ見ましたよ？　でもホントっすかねー？　野盗を殲滅したなんて」

「これを見ろ。昨日ここを通過したオブライオンの商人の身分証だ。金が無《ね》ぇとか言って護衛も雇わずに森を抜けようとして死んだマヌケだ。お前も甘く見てると同じように死ぬぞ？」

「A等級ならまだしもBっすよ？　それに連れの男はF等級だったじゃないすか」

「だからだよ。連れがヒヨッコなのにたった二人で森を抜けてきたんだぞ？　しかも徒歩でだ。俺ならいくら金を積まれたってヒヨッコと二人で森を抜けるなんざゴメンだ。いいか、単独や少人数での高等級冒険者は同じ等級より上に見ておけ。ナメた対応してっとぶっ殺されっぞ？　単独冒険者のC等級以上はバケモンと同じだと思え。というか、冒険者のB等級がどんなもんかお前分かってねーな？」

「はぁ……でも、ホント美人だったなぁ〜」

「ダメだこいつ」

◆

検問所を抜けて街に入ると、多くの荷馬車が待機していた。噂どおりにオブライオンからの商人が足止めされているのだろう。疲れきって頭を抱えた商人をちらほら見かける。

「商人が多いな。この様子じゃ、宿が取れるか心配だな」

「私達がいつも泊まるような宿は大丈夫でしょ？　流石《さすが》に物が売れなくて困ってる商人で満室にはならないと思うわよ？」

「言われてみれば確かにそうだな」

思えばかなりの贅沢《ぜいたく》をしている。一泊で金貨数枚が飛んでいく宿にこれまでずっと泊まっている。それより野営の方が断然多いが、金銭感覚がおかしくなりそうだ。

態々《わざわざ》、風呂付きの高級宿に泊まるのは、野営での疲れを取るのは勿論、食事もきちんとしたものを摂りたいからだが、一番大きな理由は安全面だ。安宿はそこに泊まる客層は勿論、宿の従業員も油断できない。いくら高等級の冒険者とはいえ、リディーナの見た目は若い女でおまけに超がつく美人だ。今までのがっついた連中を見れば、セキュリティの甘い宿に泊まれば、安眠などできなかっただろう。

一つだけ気になるのは、その代金が全てリディーナ持ちということだ。完全にヒモである。

「もし、部屋が無くても一番高い宿に行けば絶対空きがあるはずよ。心配しないで？　ぜ　ん　ぶ、私が払うから」

「うっ」

女に財布を握られている状況に軽く凹む。男が全て払うという古い考えを持っているわけではないが、金に関しては男女関係無く、誰であろうと対等でいたい。

(金が無くてこんなに卑屈になるのはガキの頃以来だ……)

「え？　ちょっ、なんで落ち込んでるのよ！　少し揶揄《からか》っただけじゃない。元々私はお礼する立場なんだし私が払うのは当然でしょ？　大丈夫、ちゃんとお金は一杯あるし、私は無理してないから。本当に大丈夫だから！」

「ああ、すまんな」

(厚意は嬉しい。本当に。だが、この慰め？　フォロー？　も地味にキツイ。情けない気持ちが上乗せされる……)

「お金なんてレイならすぐに稼げるようになるんだから、気にしない気にしない！　ほら、行きましょ！」

「ソウダナ」


その後、リディーナの言うとおり、宿は難無く確保できた。それにここもそうだが、街全体が明るい。採光の為に窓ガラスが多く使われていることと、街灯など灯《あか》りの魔導具も多い。これだけでもこの国の文化レベルが高いことが窺《うかが》える。受付の着ている衣服の生地も質が良い。中世から近世

に時代が進んだかのようだ。

部屋に入るとリディーナが明日からの予定を聞いてきた。

「これからなんだけど、メルギドまで冒険者として依頼を受けながら馬で旅するのと、『魔導列車』で一気にメルギドまで行くのと、レイはどっちがいい？」

「魔導列車？」

「ジルトロには『列車』ってのがあってね。馬よりすごく早く移動できるの。馬や馬車と違ってあまり揺れないし、魔物や野盗に襲われることもないから快適よ？」

「驚いたな、列車があるのか」

「知ってるの？」

「俺のいた世界にもある。こっちの世界のモノと動力は違うだろうが、多分同じヤツだろう」

「なーんだ、残念。現物を見せて吃驚《びっくり》させようと思ったのに……つまんない」

「いや驚いてるよ。今までの街並みを見て、そんなモノがあるなんて想像できなかったからな」

「魔導列車自体は、メルギドで作られたものらしいけど、線路はジルトロを中心に各国に引かれてるわ。オブライオン王国には通っていないけど」

「なんだかオブライオン王国が可哀《かわい》そうになってくるな」

オブライオン王国は過去に何かやらかしたのだろうか？　戦争は昔から無かったというし、宗教的な対立も無い。ここまでハブられるのは他に何か理由があるのだろうか？

「で、どうする？」

これは迷う。正直、魔導列車とやらには乗ってみたいし、早く行けるに越したことは無い。だが、冒険者としての等級や経験も積みたい。さっさとヒモみたいな状況を脱したい思いもある。

「かかる時間はどれぐらい変わるんだ？」

「馬での旅なら約一ヶ月。列車なら一週間くらいよ。まあ、明日『駅』で運行予定を聞かないとどうなるか分からないけど」

「なら明日、駅で運行予定を聞いて決める。それでいいか？」

「いいわよ。それじゃあ食事にしましょ！　もうお腹《なか》ペコペコよ」


翌朝、街の中心にある駅に行き、列車の運行情報を窓口で尋ねた。

「次の運航日は二日後ですね。行先は『首都マネーベル』です。ご予約されますか？」

俺とリディーナは次の運航日が二日後と聞き列車での旅を即座に選び、その場で予約した。事前にリディーナから運行はタイミングが悪ければ一週間以上は列車が来ないことを聞いていたこともあり、僅か二日の待ちは早い方だと判断したからだ。

「ちょっと時間ができたわね」

「少し街を散策したいな」

街行く人々を見て、オブライオンとは違った様子に武器屋や雑貨屋などを覗《のぞ》いてみたくなった。

護衛依頼が無いのはここも同じようで、暇そうにしている冒険者らしい者もいるがそれぞれ装備が良い。特に衣服は色々なデザインが見られ、地球の現代の洋服と遜色ない。

「そうね！　私も服を新調したいわ。ここならもう少しマシなものがあると思うし」

リディーナの魔法の鞄には予備の服が入ってるはずだが、俺に遠慮しているのか下着以外は着替えていなかった。

今着ている服はロメルの古着屋で揃えたものをそのまま着ており、地味な上、安っぽく、みすぼらしい。色合いが地味なのは目立たなくていいと思っていたが、この街では逆に悪目立ちしている。

「じゃあ、先に服屋に行くか」

駅員にお勧めの服屋を聞いてそこに向かう。オブライオンに比べて様々な服が飾られているが、俺もリディーナも冒険者だ。野営が多く、目立つことを避ける為、雨風を凌《しの》げて顔の半分を隠せるフード付きの外套《がいとう》を先に物色する。

「色んな種類があるな。オブライオンで見たものより質もいい」

「本格的なものは防具屋で注文するのが一番だけど、メルギドまでの繋《つな》ぎだから防水性だけあれば後は好みね」

「防具屋だと何が違うんだ？」

「まず丈夫さが全然違うわね。服屋と違って魔物の素材とか鉱石や魔石を編み込んだものを自分の身体に合わせて作ってもらえるわ。求める性能と比例して値段も上がるけどね。特殊な素材はメルギドに集まるし、ドワーフしか加工できない素材も多いから高等級の冒険者は皆一度はメルギドへ行くんじゃないかしら？」

「魔物の素材か。……興味深い」

「私も今まで武具にはあまり興味無かったけど、私より強い人間を知っちゃうとね……。お金はいくら使ってもいいぐらい、メルギドでは装備に拘《こだわ》るわ。レイも遠慮しないでね」

「ヨロシクオネガイシマス」

スポンサーであるリディーナに頭を下げる。情けないが俺はヒモだ。

服屋では濃い紺色の外套を二人お揃いで購入し、シャツやズボン、ブーツも暗い色で揃えた。夜間では黒よりも紺の方が目立たない。もう少し色落ちすればいい感じの色合いになるだろう。この世界では分からないが、地球の自然の中に純粋な黒色は存在しない。人間の作った真っ黒な色は風景に対して浮いてしまうのだ。黒の戦闘服は相手を威圧する意味合いが強く、夜間はともかく日中では逆に目立ってしまう。野戦がメインの俺達には適していない。

「ウフフ……。お揃いね♪」

そう言われると気恥ずかしいが仕方ない。同じパーティー同士ということで格好を合わせる為だ。国境でもそうだったが、俺とリディーナは冒険者としての等級に差があり過ぎるので、不審がられるのだ。態度に現れる程ではないが、俺を見る目がそう言っている。逆に首輪でもつけてリディーナに引かれる方がしっくりくるかもしれない。リディーナからも男を囲ってると見られたくないと言われれば、同じ格好をすることを断ることはできなかった。

昼食は俺の希望でテラスのあるレストランを選ぶ。初めての街ではなるべく街の人々や雰囲気を見ておきたい。

「ほんと好きよね、そんなに街を見るのが楽しい？」

「ああ、楽しいな。まあ半分は癖みたいなものもあるけどな」

「癖？」

「仕事柄、色んな人間の格好や歩き方、話し方や仕草をこうして観察することが癖になってる」

「仕事に何の関係があるの？」

「そうだな……前の仕事は話しただろ？　ああして街を歩いて違和感が無いように擬態するのに一般人の仕草を見るのは重要なんだ。歩き方なんかも地域色が出るしな。戦闘を生業にしてる者は鍛錬を続けるとどうしても一般人とは動きが変わってきて目立つんだ。見る者が見れば、すぐに分かる。治安維持側の人間に見抜かれると色々面倒なんだよ。それに、こうして観察してると怪しい奴を見つける目を養うこともできる」

紛争地域ではテロリストが身体に爆弾を巻き、一般人を装い近づいてくることもある。目線や体重移動、雰囲気などでそれが見抜けなければ吹っ飛ばされてあの世行きだ。そうでなくても携帯電話を片手に情報を送ったり、偵察している人間が一般人に紛れてることだってある。

日本でも諜報員《ちょうほういん》が観光客や一般人を装い平然と街を歩いている。特に、アジア系の諜報員は見分けることがかなり困難だ。そういった人間に目をつけられるといらぬトラブルを招くことになる。スパイ天国とよく揶揄される日本だが、俺のような裏の人間はだからこそ油断できない。

「それ疲れない？　私には理解できないわ」

「そりゃ、精霊が見えるリディーナは必要無いかもな。それでも、前にいた世界と違うところを見れるのは純粋に楽しい」

「精霊が見えたって悪意の有無は分からないわよ。まあ滅多《めった》にいないけど『闇の精霊』が憑《つ》いてる人間は要注意だけど」

「闇の精霊？」

「いわゆる裏稼業の人間ね。暗殺者とか。闇属性魔法を使う人間には憑いてることが多いわね。憑いてるってことはそれに習熟してる人間か、魔法に掛かってるってことだから注意は必要ね」

「契約はエルフ以外だとできないのか？」

「まず精霊が見えないと無理ね。意思の疎通ができないと契約できないし。辺境にいるダークエルフは闇の精霊との契約者が多いって聞いたことがあるけど、私は会ったことは無いわ」

「ダークエルフと闇の精霊か……」

「ちなみに、アナタにも闇の精霊が憑いてますけどね～」

「あっそ」

◆

昼食の後、次に訪れたのは雑貨屋だ。雑貨屋といっても様々な商品があるので、店によって品揃《しなぞろ》えが異なる。明確に本屋とか魔導具屋とかの専売店は、こういった地方の街には無いらしい。

目当ては魔導書だ。俺やリディーナは生活に必要なものは大概魔法で生み出せるので、魔導具は必要ない。一般的な知識として魔法に関する読み物が欲しかった。列車に乗っている間は、鍛錬も殆どできないので、暇を見越してということもある。

何件か雑貨屋を尋ねて回り、魔導書が置いてある店に来た。どの店も、本を探していると尋ねないと置いてあるかも分からない。紙もそうだが、本自体が貴重品な為、劣化防止と防犯上の理由から店頭に陳列されてることが少ないからだ。

「本は置いてるか？　できれば魔法に関する本が欲しいんだが」

店の主人らしい老婆にそう尋ねると、二冊の本を裏から持ってきた。どちらも重厚な造りで、大きさはA４用紙程。厚さはそれ程無い。

「どちらでも一冊金貨一枚だよ。ただし、どんな本かは分からないよ」

「分からない本を金貨一枚で売るのか？　俺は魔導書が欲しいんだが」

「オブライオンの商人が金に困って売りにきて仕入れた本さ。単純に本の値段だよ。秘蔵だなんて言ってたが、こんな読めもしない物、装飾品としてしか売れないからね。見てくれは立派だろう？

「中身も見ていいよ」

価値も分からないのに金貨一枚の値付けはどうなんだ？　がめつい婆《ばあ》さんだ。

俺は本を手に取り、中身をパラパラ捲《めく》って軽く中身を確認する。

「二冊とも買おう」

「いいのかい？　返品はできないよ？」

「構わない」

俺は腰の革袋からなけなしの金貨二枚を取り出し、老婆に支払った。

「毎度あり」

リディーナが外套の裾を引っ張って小声で苦言を呈してくる。

「（ちょっとレイ、大丈夫なのそれ。いくらなんでも無駄遣いじゃない？）」

二冊の本に目を通しながらリディーナの問いに答える。

「『飛翔《ひしょう》』と『結界』の魔導書だ。当たりかもな」

「ホントなの？」

「古代語で書かれてるが、間違いない」

「ちょ、ちょっと待ちなっ！　アンタそれ読めるのかい？　魔導書って本当かいっ？」

「返品は受け付けないんだろ？　金は支払ったんだ。取引は終了してる」

「うぐぐ……」

悔しそうにしている老婆を無視して、店を後にする。

魔導書といってもピンキリだ。発動させる魔法を様々な角度から検証した学術書もあれば、感想文のような子供向けな内容の本まである。

「手放した商人は、余程金に困ってたんだな。金貨一枚で買えて運が良かった」

「古代語が読めるとか、学者が聞いたら翻訳の依頼が殺到するわよ？　目立つから次は馬鹿なフリして買ってよね」

「りょ、了解」

日も暮れてきたので、散策を切り上げ、そろそろ宿に戻ることにした。


宿に戻った俺とリディーナは、早めに夕食を済ませてそれぞれゆっくり過ごしていた。高い部屋なだけあって寛《くつろ》ぐには申し分ない。

俺はソファに座り、購入した魔導書を読む。

「それ、ホントに読めるの？」

紅茶を飲んでいたリディーナが話し掛けてくる。

「ああ。この世界の全ての言語は頭に入ってる。発音は怪しいがな」

「エルフ語を話せるだけでもちょっと信じられないのに……よく頭が混乱しないわね」

「女神様様ってところだろうな。依頼に関係あるとは思えない知識だが、まあ役には立ってる」

古代語に関しては中国語や日本の漢文に近い。一文字に意味が込められてる象形文字的な言語だ。『飛翔』の魔法に関してだが、多分発現できそうだ」

「ウソッ！」

「どうやら単に飛ぶだけなら色んな方法があるみたいだ。ただし、高速に飛行するなら結構難しい理解が必要だな」

「私にもできそう？」

「風属性でも飛べるぞ？　ただし、魔力消費がかなり激しいから実戦には向かない。この中じゃ『引力』か『重力』を用いた魔法が一番コスパがいいが、長距離飛行向けだな。もう少し読み込んで、俺ができたら教えてやるよ。もう一冊も読み込みたいから訓練は列車の旅が終わってからだな」

「『インリョク』とか『ジュウリョク』ってのはよく分からないけど、風魔法の飛行なら昔試したわ。全然飛べなかったわよ？」

「ひょっとして単に体の下に風を発生させただけじゃないだろうな？」

「……そうだけど？」

「それだと魔力がいくらあっても足りないぞ。今度『空力《くうりき》』の説明をしてやる」

「何それ？」

「正確には『空気力学』だ。まあ詳しい話は列車でな」

「はあ……。またお勉強？　列車の旅が憂鬱になってきたわ」

座学が苦手なリディーナがため息をつく。

昔、人が浮くには風速五十メートル以上の風が必要だと聞いたことがある。超強力な台風並みだ。そんな風を生み出すにも、維持させるのにも大量の魔力が必要だ。浮くだけなら可能だが、力業だけでは空は飛べない。しかし、風魔法による風の制御も、物体が受ける空気抵抗や揚力などが理解できれば、必要魔力は少なくできる。

本当に実現可能かは試してみないと何とも言えないが、『引力』、物体が互いに引っ張り合う力をイメージできれば、浮く、飛ぶというより上空に引っ張るイメージが魔法で空を飛ぶコツみたいなことがこの魔導書には書いてある。加えて、空気抵抗を無くしたり、気流を制御できれば高速で飛翔することが可能らしい。果たしてリディーナに上手《うま》く説明できるだろうか……。

本には重力制御についての内容まであるが、単に浮くだけなら重力を遮断するイメージだけで十分のようだ。とんでもないことがサラッと書いてある。俺が難しく考え過ぎなのだろうか？

翌日も宿でダラダラ過ごした。野営と訓練が続いたのでしばしの休養日というところだ。前世でも仕事が終わった後は勿論、訓練期間も必ず休養日は取るようにしていた。疲労の蓄積は馬鹿にできない。普通の仕事ならミスをしても死ぬことは無いが、俺のような稼業はそうではないからだ。

俺が魔導書を読んだり、リディーナの魔法の鞄を調べている間、リディーナもベッドでゴロゴロして、何やら精霊と戯れているのか手のひらをヒラヒラさせている。傍《はた》から見ると結構ヤバイ光景だが、精霊が見えていると知っているので特に気にしない。

（……ほんとに見えてるんだよな？）

翌日。

「これが魔導列車か……」

駅に行くと蒸気機関車に似た列車が停車していた。特徴的なのは前面の形状で、除雪車のように中央から左右に分かれて反った装甲が取り付けられている。所々に血が付いてるところを見ると、線路上の魔物をあれで弾《はじ》き飛ばして進むのだろう。なんともワイルドだ。

車列は全部で十二両。外装は統一されているが、窓ガラス越しに見える内装がそれぞれ違う。中央の豪華な車両が乗客車両だろうか、三両だけ窓が大きく内装が良いように見える。後方の半分以上は貨物車両なのか、窓は殆どない。動力は魔力らしいが、どんな構造なのか気になった。

出発は昼過ぎらしい。街の教会が鳴らす昼の鐘が鳴ったら発車するそうだ。まだ午前中で時間は早いが、中の様子が見たかったこともあり早めに乗り込んだ。中央の車両は個室と座席のある作りで、ヨーロッパの寝台車両のようだ。俺も生前、数回乗ったことがあるが、内装の造りは地球のものと遜色ない。

料金は首都『マネーベル』まで一人金貨五枚から。貨物車両にも一応乗れて料金はそれよりかなり安く済むが、完全に荷物扱いなので環境は劣悪だろう。個室は金貨十枚から。当たり前のようにリディーナは個室を選択したので、俺達は案内に従って予約した客室に向かう。

客室には外を一望できる広い窓とダブルベッド、テーブル、ソファ、トイレに風呂まである。豪華なファブリックに灯りや空調の魔導具など高級宿と変わらない。

「まあまあね。ちょっと狭いけど」

「十分だと思うぞ……」

出発まで部屋で寛ぎながら窓の外を見ていると、装備を黒で統一した一団が列車の周りをうろついていた。

「魔導列車専門の護衛部隊よ。確か『黒狼《こくろう》』だったかしら？　狼の獣人族ね」

黒系の髪に獣の耳と尻尾《しっぽ》が見える。目つきは皆鋭く、武器らしいものは腰の後ろにある短剣ぐらいしか見当たらない。どことなく忍者っぽい。

「初めて獣人を見たな」

「オブライオンには亜人は殆どいないものね。獣人は人間より運動能力や力が強いの。魔力はあるみたいだけど、身体強化ぐらいで魔法はあまり使えないみたい。それでも近接戦闘力が高い種族よ。まあ、種族にもよるらしいけどね」

「興味深い……」

歩き方を見るだけで人間とは異なる種族というのが分かる。瞬発力が凄そうだ。狼ということは嗅覚を含めて五感も鋭いと思われる。

獣人達を興味深く見ていると昼の鐘が鳴り、暫《しばら》くして列車の警笛も鳴る。どうやら出発のようだ。

『本日は魔導列車「首都マネーベル」行きをご利用いただき有難う御座います。只今《ただいま》より出発致します。「首都マネーベル」には三日後に到着予定です。それでは良い旅を』

拡声器の魔導具だろうか、車両内にアナウンスが流れた。

地球と同じようなシステムに感心している内に列車が出発する。動き出しはスムーズだ。騒音もしない。電気自動車のような静かさだ。

(これは地球のものよりすごいかもな……)

気づけばリディーナがニヤニヤして俺を見ていた。

「どうした？」

「レイったら田舎者みたいよ？　ウフフッ」

「そんな顔してたか？」

「してた♪」

リディーナには是非、地球の大都市を見せてやりたい。

「列車も動き出したことだし『空力』について授業を始める」

「ずるい、ずるいわよレイ！」

第五章　遭遇

【首都マネーベル】

三日間の列車の旅は何事も無くあっという間に終わり、ジルトロ共和国の首都『マネーベル』に無事到着した。

高い城壁に囲まれた城塞都市というのは他の街と変わらないが、四方に延びる線路が他の街には無い特徴だ。駅もまさにターミナル駅といった様相で、同じような車両が所狭しと並び、人も多く混雑している。今まで訪れた街で一番の人混みだ。

列車を降りると、そのまま乗り継ぎの為に窓口まで向かう。ドワーフの国『メルギド』は魔導列車でしか行くことができないからだ。

「『メルギド』までの列車は、三日後に出発予定です」

駅員からそう聞くと、すぐに席の予約を入れた。メルギドまでの列車は商人や冒険者の利用が多く、混雑すると聞いていたので個室に空席があったのは運が良かった。

東京では分単位で電車が運行しているが、他の国では隔日、週一の運行など珍しいことではない。乗り継ぎで三日というのは許容範囲である。

ちなみに、魔導列車でしかメルギドに行けないのは、メルギドは深く広大な森の中にあり、強力な魔物が出没する為、徒歩のルートが確立していないからだ。

「また少し日が空くわね」

「丁度いい。身体《からだ》が鈍《なま》ってるからな。出発まで体を動かそう。新しい魔法も試したいしな」

「そうね。それじゃあギルドへ行って、依頼を見ておきましょ」

ここからは旅や鍛錬の合間にギルドの依頼をこなし、冒険者の等級を上げる作業も同時に行う。この世界に来た目的は『勇者』の暗殺だが、その為の準備をすることと、この世界での行動力を上げることは必須だ。冒険者の等級を上げることは暗殺の成功率を上げることにも繋《つな》がる。

◆

マネーベルの冒険者ギルドは冒険者で溢《あふ》れていた。今までの支部に比べて規模が大きく、掲示板にも大量の依頼が所狭しと貼られている。

冒険者も様々な人間がいる。獣人もちらほら見かけるし、頭に角の生えた人間や、背の低いドワーフも見かける。装備も様々だ。新人らしき冒険者からベテランまで幅広い。

掲示板の中で常時掲出の依頼をチェックする。俺達『レイブンクロー』は俺の等級が低い所為《せい》で、高等級の依頼は受けられない。だが、常時掲出の魔物討伐に関しては制限は無い。鍛錬のついでに狩れる魔物がいれば討伐してギルドへ持ち込めば、昇級実績に加算される。

「不死者《アンデッド》……？」

常時掲出の依頼に不死者の討伐依頼があった。初めて見る魔物の依頼だ。

「ねえ、ちょっと聞きたいんだけど、不死者が出るの？」

リディーナも気になったのか掲出されている依頼について受付に尋ねる。

「最近、目撃情報と遭遇報告が増えてるんです。皆さん不死者には消極的な方が多くて、常時掲出の依頼になってます」

「無茶するわね。種類は？」

「腐乱死体《ゾンビ》と骸骨《スケルトン》です。一応、複数の高等級冒険者パーティーに原因調査と討伐依頼を同時に出してますので、その内落ち着くとは思いますが……」

「そう、分かったわ。ありがと」

「不死者ねぇ……」

「何か気になるのか？」

「おいしくないのよね。討伐証明が魔石くらいしかないいんだけど、小鬼並みに小さくて価値が低いのよ。おまけに聖属性か火属性の魔法、もしくは打撃系の武器じゃないと面倒だし。骸骨はともかく、腐乱死体にかすり傷でも負わされれば不死者の仲間入りよ？」

（そう言えば、ギルドの資料にもあったな。不死者に噛《か》まれたり爪で引っ掛かれると伝染《うつ》るんだっけか。……まるでゾンビ映画だな）

「そりゃ、皆さん消極的になるわけだ」

「それに臭いわ」

「そっちか……」

◆

ギルドを後にした俺達は城門を出て森に入った。街を出る前に市場で食料の補充をしたが、流石《さすが》に貿易都市というだけあって香辛料や調味料の種類が多かった。ただ、俺にはどんな味なのか見当もつかないものだらけだったので、全てリディーナにお任せだ。

「マネーベルか、好きになりそうだ」

ベテランの兵士は食事に煩《うるさ》い。基本的には戦地や訓練中は、レーションと呼ばれる配給品が主な食事になる。保存性と摂取カロリー量の確保が優先されており、味は二の次だ。最近は味もまともになってはいるが、種類が豊富とはいえず、どうしても飽きてしまう。作戦行動中など、一食分を三日分に食い延ばすことも普通にあるので、オフの日の食事に拘《こだわ》る者は多い。俺もその一人だ。

「ここを発《た》つ前に一日買い物しない？　もっと買い貯《だ》めしたいものがあるのよね」

「そうだな、俺ももっと見てみたい。魔導書も探したいしな」

マネーベルは街のあちこちの区画に市場があり、食材や武具、雑貨などのエリアに分かれている。とても数時間で回れる規模ではない。森での鍛錬は早めに切り上げ、市場の散策に費やしてもいいかもしれない。

「「ッ！」」

森に入ってすぐに、俺の探知魔法に反応があった。リディーナも気づいたようだ。

「人間らしい反応、数は十」

「冒険者か腐乱死体ね。十人のパーティーなんて殆《ほとん》どいないから多分後者だと思う。それに、嫌な雰囲気だわ」

「厄介だな。探知魔法じゃ人間と見分けがつかない」

少し改良が必要かもしれない。動体反応をメインに判別してる魔法だが、人間と同じ大きさと形の腐乱死体は人間と区別できなかった。

(死体ってことは体温は低いのか？　温度感知と併用できるか、後で実験してみよう)

反応があった場所まで近づくと、肉が腐った臭いですぐに腐乱死体だと分かった。初めて見るが、死体が歩いている。まるで映画のような光景だ。着ている衣服は所々破れて、血と泥で汚れているものの、体から血は流れていない。裂けた傷口や、腐って無くなってる部分からは血が流れ切ってしまっているのだろう。臭いさえなければ作り物のようだ。

「レイ、ちゃっちゃとやっちゃやって」

「リディーナは？」

「風魔法じゃあんまり効果ないし、切り刻んだらもっと臭いが酷《ひど》くなるわよ」

雷魔法があるだろ？　と、突っ込もうと思ったがやめておいた。リディーナを治療した際に使った『浄化魔法』が対不死者用だったと思い出した。リディーナもそのことを言っているのだろう。

――『浄化《ピュアフィケーション》』――

腐乱死体達が瞬く間に塵《ちり》となって消えていく。魔石だけ残して跡形も無くなってしまった。

「なんかすごいな……」

あっさりし過ぎてまったく実感が無い。ファンタジー現象過ぎる。

「すごいわねー。聖属性魔法なんて教会関係者ぐらいしか使える人いないのに。実戦で使える人は殆ど教会から出てこないから、戦闘で見るのは初めてだわ」

「あっけなさ過ぎてまったく倒した気がしない」

「おまけに完全無詠唱だしね。臭いも無くなって最高よ。使用魔力ってどれくらいなの？」

「あれぐらいだったら全然大したことない。『風刃』の半分以下だ」

「レイなら未探索の不死者だらけの遺跡にも潜れるわねー」

「遺跡？」

「そう、古代遺跡。不死者だらけの遺跡って探索困難で未踏破な遺跡が多いのよね。不死者は実体のある腐乱死体や骸骨ならともかく、実体の無い幽霊《ゴースト》系は魔法か専用の武器が無いと倒すのが難しいのよ。魔法は魔力を回復するのにまとまった休息が必要だし、専用の武器は耐久性があまり良くないからどちらも長期の探索に向かないの。だから不死者の遺跡は手つかずのままが多くて、まだまだお宝が残ってるって言われてるのよね」

「お宝ねぇ……子供じゃあるまいし、あまり興味が湧かないな」

「魔法の鞄《マジックバッグ》は遺跡でしか手に入らないわよ？」

（ウソです。自分、子供でした。興味アリマス）

「少しだけなら寄っていってもー――」

「この国には無いわよ」

「くっ！」

「メルギドにはあるけど」

「それを先に言え」

「ウフフッ」

弄ばれたようで少々イラッとしたものの、リディーナの見せた笑顔に文句は消え失せてしまった。

（調子狂うぜ、まったく……）

【スタンピード】


それは突然やってきた。

森の切れ目から溢れるように腐乱死体や骸骨が無数に現れ、マネーベルに押し寄せた。

「なんだ、あれ？」

城門と城壁にいた衛兵達が、森から押し寄せる何かに視線を向ける。

「……腐乱死体？」

「おい、見ろ！　ありゃ骸骨だ！」

「不死者の群れ……」


「「「スタンピードだぁぁあああ！！！」」」

城壁の上から衛兵が叫び、慌てて警報の魔導具を起動させる。けたたましい警報音が街中に響き、衛兵が慌ただしく動き出す。急いで城門が閉鎖され、全ての魔導列車が停止して街は一瞬で混乱に包まれた。

◆

首都マネーベルにはジルトロ共和国の全議員の約半数が常時詰めている。街の中心にある議会に不死者襲来の一報が伝えられ、街にいる議員達に緊急招集が掛けられた。

「どういうことだっ！　数万の不死者の群れだとっ？」

「ここは首都マネーベルだぞっ！　何故《なぜ》、事前に把握できなかったのだっ！」

「冒険者ギルドでは、不死者の目撃と遭遇の情報はあったようです。調査の為、複数のパーティーに依頼を掛けてあったということですが……」

「間に合わなかったのか、それとも甘く見ていたのか」

「どちらにせよ、数万の不死者の群れなど前代未聞です。城門は全て閉鎖、国内の兵に非常呼集を掛けてますが、あの数の不死者に対応できる人員と装備がまるで足りません」

「商業ギルドに協力を要請しろ。対不死者用の武器を提供させるんだ」

「素直に応じるでしょうか？」

「死にたくなければやるしかないだろう。渋るようなら言い値で買い取れ。無論、その業者のリストは記録しておけ」

「冒険者ギルドと教会は？」

「もう人をやっています」

「あとで高額な費用を請求されそうだな?」

「緊急事態です。この際費用のことは……」

「街が無くなってしまっては金どころではない!」

◆

俺とリディーナは急いで街へ引き返していた。膨大な数の反応が森から街へ向かうのを探知魔法で捉えたからだ。

「なんだあれは?」

「不死者のスタンピード……」

『スタンピード』

魔物の群れが大群で街や村に押し寄せる現象をいう。強力な魔物の飛来による偶発的発生や自然発生、人為的《じんいてき》に引き起こされた例もあるなど、その原因は多岐にわたる。この世界の各都市が高い城壁に囲まれた城塞都市の形態が多いのは、戦争よりも災害のようなスタンピードに備える為だ。

俺とリディーナは森の切れ目から街の様子を遠目で観察する。

数万の不死者の群れが街の城壁の半分近くを覆っている。城壁の上から兵士が弩《おおゆみ》や弓で攻撃しているが、大した効果は得られていない。

「不死者に対してあれじゃあ、いくらなんでも厳しいわね」

「……リディーナ、群れの後方の森を見てみろ。あの森の切れ目だ。何かあるぞ」

「馬車？　それにしては大きいわね。引いてるのは亜竜かしら？　よく見るとあれも不死者化してるわ」

「群れのボスってとこか？　指示を出してる奴でもいるのかもしれん」

「まさか……不死魔術師《リッチ》？」

「ギルドの資料にあった伝説的な不死の魔物か？」

「知性を保ったまま不死者化した魔術師。私も昔話で聞いたことはあるだけで見たことは無いわ。強力な魔物なのは間違いないわね」

◆

「あ――――　ダルイ！　結局、一ヶ月掛かったし！」

南星也は馬車の中で盛大に愚痴を漏らしていた。竜王国に続き、南の不死者軍団が出張ってきていたが、今回の遠征は長過ぎた。竜王国から不死者の不眠不休の移動でも、ジルトロ共和国の首都マネーベルに来るのに一ヶ月掛かったのだ。

「ごめんねー　私らだけ飛竜でサクッと来ちゃって」

佐藤優子はいつもの軽い感じで南に謝る。隣には申し訳なさそうな顔の白石響もいる。

「高槻は？」

「用事があるから今回は宜《よろ》しくだってー」

「ちっ」

「空から見たけど、電車があるのね。驚いたわ」

「そうだねー、でも電車かは分からないよ？　響ちゃん」

「そうね。蒸気機関車かもしれないわね」

「はぁ。『魔導列車』って言うらしーぜ？　魔石で動くんだと」

「南君、詳しいねっ！」

「その辺の冒険者を不死者化したついでに聞いた」

「この世界も意外と進んでるのね。それにしても私達だけ働き過ぎじゃない？」

「「同感！」」

「ここを落としたら暫《しばら》く休みたいぜ。不死者と違って俺は生身だしよ。流石に疲れた」

「南君、カワイソー」

◆

冒険者ギルド、マネーベル支部では、街にいる全冒険者が緊急招集され、ギルドマスターのマリガンが集まった冒険者達に指示を飛ばしていた。

「いいか、よく聞いてくれっ！　各パーティーは一時バラけてくれ。不死者の数が多過ぎる。城壁で迎え撃つことになるから各等級と得意な能力ごとにギルドが再編成させてもらう！　相手は数万の不死者だ。間違っても城壁の外に出て戦おうなんてするなよ？」

「D等級以下の冒険者は物資の補給係だ！　武器と魔力回復薬《マナポーション》、食料、水の運搬だ。商業ギルドの倉庫から必要量を城壁まで運ぶんだ！」

「C等級以上は、城壁で不死者共の殲滅《せんめつ》だ！　魔法を使える者はこっちに集まってくれ。魔力回復薬の分配と隊列を組む」

「剣士組はもうすぐ対不死者用の武具が届く。数は少ないだろうが、各自相談して割り振ってくれ。受け取った者はすぐに城門に向かうんだ！」

マリガンは、急ぎ指示を飛ばしたものの、この未曾有の危機に頭を抱えていた。報告された不死者の数が多過ぎる。少し前から報告のあった不死者の調査に向かわせたB等級の冒険者パーティー達は、どのパーティーも戻ってきていない。議会はこの事態に対する依頼と全面的な支援を通達してきたが、不死者に対して戦える人材が不足していた。

流石に依頼が無くとも戦わなければ死ぬ状況で、戦わないという選択肢は無い。それにも拘《かかわ》らず、この街の教会は回復の後方支援は行うが、戦闘は拒否したらしい。聖職者の癖に不死者のことを知らないのか？　不死者相手に怪我《けが》なんかするわけない。かすり傷でもアイツらの仲間入りだ。一体誰を治療するつもりなのか、不死者の前にぶっ殺してやりたかった。

幸いにも、街全体を囲む程の数ではない。最悪、魔導列車に乗れる人数は退避できそうだが、全住民の一割も逃げられないだろう。徒歩で逃げるのも無理だ。不死者は不眠不休で動ける。徒歩や馬ではいずれ追い付かれる。

マリガンは、職員と冒険者達に指示を出した後、覚悟を決めて自身の装備を整え城壁へ向かった。

◆

（さて、どうするか……）

俺はこの状況でどう動くか迷っていた。はっきり言って戦う必然性が無い。今日来たばかりの街に愛着も何も無いし、親しい人間もいない。だが、魔導列車のターミナル駅が無くなるのは痛かった。日本なら国際空港が無くなるようなものだ。飛行機が無くなり船で海外に行くことになる。一ヶ月の馬旅が一週間になる快適設備《インフラ》は失いたくない。

浄化魔法で腐乱死体を消滅させた体感から、城壁に群がる数を全て掃討できる自信はあった。だが、魔力がギリギリ保《も》つかどうかだ。それに城壁の上からなら連続で魔法を放っても休みながら行える。その代わり目立つのは間違いない。目立てばこの世界に来た本来の目的に支障が出る。その後を考えるとあまりやりたくは無かった。街の対応を見極めてからでもいいだろう。

それに、後方にある馬車の存在も気になる。リディーナの言っていた不死魔術師かは分からないが、その存在が分からなければどの道動けない。

「レイ、馬車から人が出てきたわ……」

リディーナの表情が曇る。

「マジか……」

出てきたのは黒髪に日本人顔、お揃いのブレザーを着た三人の男女。召喚された勇者達だった。

「私が殺《や》るわ」

「どうしたリディーナ？」

リディーナの様子がおかしい。思い詰めた表情だ。

「落ち着け」

「私にやらせて！　でないと……」

あの制服を見て、勇者達に殺されかけた記憶が蘇《よみがえ》ったのか？　怯《おび》えずに戦う気なのは感心するが、はいどうぞというわけにはいかない。

「冷静になれ、リディーナ」

「……」

リディーナをなだめながら、強化した視力で馬車に目を向ける。

南星也、白石響、佐藤優子か。高橋から聞いた情報にあった三人だ。『死霊術師』、『剣聖』、『弓聖』の能力。能力が判明している奴等だが、どれも厄介だ。南星也は問題無いが、残り二人の女は桐生と違って武道の心得があるらしい。実力は分からんが能力で強化されているなら、只《ただ》の高校生と思って甘く見てたらこちらが殺られる。できれば一対一。一人ずつ相手にしたかったが……。

(しかし、このまま逃げるという選択肢も無くなった。せめてこの場で南星也だけでも始末しないと今後厳しくなる……)

前のように投石で南星也だけでも殺そうと思ったが、今は真っ昼間な上、前回と違い視界も開けてる。万一避《よ》けられて、三人同時に相手するのは避けたい。それに、リディーナにやらせたい気持ちもある。魔術師系の奴ならリディーナでも殺れるはずだ。

(こんな時ライフルでもあればな……あの距離なら俺の腕でも確実に殺れる)

「殺るなら南星也だ。一人だけいるあの男だ」

俺は南を指差し、リディーナに標的を教える。

「どうして？」

「『死霊術師』だからだ。あいつがあの不死者の群れを操ってるんだろう。死体を操る以外に能力が分からないから直接の戦闘力は不明だがな。残り二人の女は『剣聖』と『弓聖』。直接戦闘能力がありそうな二人だ。あまり魔法は使えないみたいだから、一対一ならなんとかなる。だが、揃って対峙《たいじ》するのは避けたい。……リディーナ、魔法の鞄に魔力回復薬はどれぐらいある？」

「十本はあるはずだけど、どうするの？」

「気休めかもしれないが、無いよりマシだと思ってな。俺があの不死者の群れに突っ込んで勇者達の注意を引く。女二人が南星也から離れたら、リディーナが南星也を殺れ」

「でも、それじゃレイが――」

「正直、状況的にはこのまま静観してる方がいい。相手を観察して確実に殺せる方法、時間と場所を選んで始末するのが暗殺のセオリーだからな。だが、問題はあの南星也があの街をどうするかだ。不死者の群れをけしかけてるんだ、占領は考えてないだろう。最悪なのはあの街の人口が全て不死化されることだ。今のあの数ならギリギリいけるが、あの街にいる全住民が不死化したら手が付けられなくなる。南だけはこの場で始末しておきたい」

「……あの群れに突っ込んで、大丈夫なの？　それに女二人がレイに向かっていったらレイはどうするの？」

「不死者共は大丈夫だ。魔力回復薬を全部くれ。それに女二人が同時に来たなら、適当に時間を稼いで逃げる。それと、リディーナは女二人が南から離れなければ絶対に手を出すな。南一人になったら遠距離から『風刃』を放って無音で殺るんだ。できるだけ南に近い距離で発動させて、魔法を撃ったら全速で逃げろ。いいか、女二人が離れるのが前提の作戦だ。絶対に南が一人になるまで攻撃するな。それが約束できなきゃ、今この場で逃げるぞ？」

「分かった、約束する。無茶はしないわ」

「信じるぞ？　それと、不死者が多過ぎて探知ができない。馬車内に他にも誰かいるかもしれん、気をつけろ。誰かいた場合も手を出さずに撤退するんだ」

魔力回復薬をリディーナから受け取り、腰のベルトに全て差し込む。そのままリディーナの頬《ほお》を両手で摑《つか》み、再度言い聞かせる。

「いいか、生きて帰ることだけ考えろ。攻撃できたとしても魔法を放ったらすぐに撤退しろ。失敗してもいい、逃げてもいい。生きてれば次があるんだ。分かったな？」

赤面したリディーナから手を放し、光学迷彩の魔法を掛けてやる。他人に対しては短時間しか効果が持続しないが、リディーナを死なせるわけにはいかない。

「俺はまだまだリディーナと旅をしたいと思ってる。そのことを忘れないでくれ」

俺はリディーナにそう言って姿を消した。

◆

リディーナと別れ、不死者の群れの側面まで来たレイは、光学迷彩を解除し、身体強化を施す。それとは別に列車内で読んだ魔導書の魔法、物理防御や魔法防御の結界魔法を追加で展開する。

（ぶっつけ本番で、どの程度の効果があるかは検証できていないが、これも無いよりマシだろ）

レイはふと馬車の方をチラリと見た。

（桐生達のようにガキだといいんだがな……）

「まあいい、始めるか」

──『浄化』──

レイは魔力を多く込めた聖魔法を発動し、目の前の不死者を数百体まとめて消滅させた。前進しながら『浄化』の魔法を連続で発動させると、レイを中心に輪が広がるように不死者が消滅し、空白地帯ができ上がった。

◆

「何が起こっている……？」

城壁の上で異変に気づいたマリガンは、突然の出来事に目を疑った。突如現れた人物が連続で魔法を発動させ、不死者の群れを消滅させている。フードで顔が見えず、誰かは分からない。

「浄化魔法？　教会の人間か？　いや、そんなはずはない。あんなことができる人間なんて教会にいるはずない」

教会の神官の中には、教会の指示に反し、城壁に上がり浄化魔法で攻撃に参加している献身的な者もいた。しかし、長年教会に引きこもり碌《ろく》に魔法を使ってなかった所為か、お世辞にも役に立っているとは言えなかった。

「馬鹿な、何故あんなに連続で使用できる？　あの凄《すさ》まじい威力と範囲はなんだ？　それに……詠唱をしていない？　完全無詠唱？　ありえん……一体何者なんだ？」

千体は消滅させたであろうタイミングで、その人物が瓶に入った液体を呷《あお》る。フードがめくれ、黒髪に灰色の瞳をした青年の顔が露《あら》わになった。青年は再度魔法を発動させ、不死者を滅する作業を繰り返していく。

◆

不死者の群れが急速に消えていく。

「あん？　なんだあれ……」

南星也は前方の異変に眉を顰《ひそ》めて呟《つぶや》いた。

「お――――！　なんか一人でスゴイことしてる人がいるよー」

佐藤優子は身を乗り出して前方に目を向けている。

「何してるのかしらあれ？」

「くそっ！　聖属性の魔法かっ！　なんだあの威力は！　ありえねーだろ！　何者だ一体！」

「スゴーイ！　しかもかなりのイケメーン！」

「ちょっと優子、感心しないで！　というか、見えるの？」

「見えるよー　なんか魔法を連続で撃ってるっぽい。すごい魔力だねー」

「何、呑気《のんき》なこと言ってんだっ！　もう半分近くやられてんぞっ！」

不死者の群れが跡形も無く塵となって消え去っていく。このままでは全滅も時間の問題だろう。

「仕方ないわね……。優子、宜しく」

「りょうかーい♪」

佐藤優子は光の弓を出現させ、レイに向かって高速の一矢を放った。

「うそ———!?　避けたよ、あのイケメン！　すごーい！」

「へー　おもしろいわね。私が行くわ」

「あっ、私も行くー」

「あれだけの不死者を作るのにどんだけかかったと思ってんだ！　くそっ、ふざけやがって！」

◆

(魔力回復薬の回復量は殆どないな。くそっ、やはり気休めか。身体の耐性が邪魔してる。予想より多く不死者が消えてくれてるから、このペースなら二割くらいは魔力が残せるか……ギリギリだな。後は勇者共の動き次第か。まったく、らしくないことしてるな俺は……)

連続で浄化魔法を放ち、半数近くの不死者を消滅させていたレイに、突如、光の矢が迫る。

「なにっ！」

馬車にいる勇者達への警戒は怠っていなかったレイだが、あまりの矢の速さに驚いた。警戒していたおかげで辛《かろ》うじて避けられたが、身体強化をもう一段階上げ、警戒レベルを上げる。

(『弓聖』か？　くそっ、情報どおり魔法防御は意味なかったか……しかも速い。銃弾並みだ)

近づいてくる二人の少女にレイは剣を抜いて構える。

「あれー？　剣士みたいだよー響ちゃん！　しかも近くで見るとすっごいイケメン！」

「魔法剣士ってヤツかしら？　珍しいわね。しかも私達と歳《とし》近くない？」

「若ーい♪」

(『剣聖』と『弓聖』が揃って来たか……)

「じゃ、私がやるわね」

瞬時にレイの目の前に移動した白石響は、そのまま抜刀しレイに斬りつける。強化した動体視力でギリギリの間合いで後ろに下がり、剣を躱《かわ》すレイ。

「へー　これ避けるんだー。……おもしろい」

(瞬歩？　いや、違う、だが速過ぎる！　……それに今の一太刀《ひとたち》で物理防御の結界が割れやがった。全然役に立たん。こりゃ本気でやらんと時間稼ぎどころじゃないな。桐生達とは次元が違う)

レイは身体強化のレベルを更に上げる。ミチミチと筋肉が悲鳴を上げ骨が軋《きし》み、魔力で無理矢理身体を動かす。

実のところ、現在のレイは前世での全盛期の強さには遠く及んでいない。新しい肉体は自由に動かすことはできているが、身長も体重も筋力も以前と大幅に違う。生前修めた新宮流の技は、頭に記憶があってもそれを今の肉体で完全に再現できているわけではなかった。

今はそれを新たに覚えた魔法で補っているに過ぎない。

(まあ、ありモノでなんとかするしかないな)

白石響が手にしてるのは、竜王国で手に入れた西洋刀《サーベル》だ。自身で生み出した聖刀が強過ぎるということで、強度は無いが形が刀に似ているので使用していた。

周囲にいた不死者の群れは、三人を無視して城壁に向かう。白石や佐藤の戦闘に巻き込まれないように南が指示を出したのだ。

佐藤優子は後方でニコニコしながらレイと白石響の様子を見ている。観戦気分で楽しんでいるようだ。

(『剣聖』一人でやるつもりか？　……なら逃げるのは無しだ。ここで殺す)

レイは白石響と対峙しながら魔力を練る。身体強化のレベルを上げ、且つ、いつでも他の魔法を放てる状態に持っていく。強化し過ぎて肉体が悲鳴を上げているが、後のことは気にしていなかった。白石の後ろにいる佐藤優子も視界に入れ、目を離さない。

「余所見《よそみ》とか舐《な》めてる？」

またも瞬時に移動してきた白石が西洋刀で斬りつけてくる。レイは躱さず、いなすように片手剣で受け止める。『霞《かすみ》』は使わない。スピードが勝る相手に、自分の力量をギリギリまで悟らせない為だ。

レイは直接、白石の剣を受け、自分の魔銀製の片手剣の方が強度が上であることが分かった。聞いていた『剣聖』の能力にしてはお粗末な剣に疑問が浮かぶ。

(どう見ても普通の剣だな。受けてあっさり折れたら逃げようとも思ったが……)

再度、それを確かめるように細かい連撃を白石に放つ。

その全てを西洋刀で正面で受ける白石。強度の差が大きく、徐々に刃こぼれが出てきたが気にする様子は無く、平気な顔で捌《さば》いている。

(間違いない。自分の剣じゃないな？　この女、縛りプレイのつもりか？　ここは戦場だ。遊ぶつもりで本気を出さないならそれを利用するまでだ)

剣の損耗も気にせず、剣速を上げながら白石は連続で剣を振るってくる。剣の強度はこちらが上だと分かってるので、軽くいなすように受けて新宮流の技は使わない。『霞』でいなして一撃で決められる程、この女を甘く見ていない。油断すれば斬られる、それ程のスピードとパワーだ。

(これが『剣聖』の能力だとしたら破格な能力だ。長年鍛錬してきたような剣筋を一朝一夕で発揮してるとしたら、チートもいいとこだ。……だが読みやすい。やはり間違いない、この女……)

「考え事かしら？」

白石は剣速を更に上げ、連撃を繰り出す。

（更に激しくなった……だが、まだ騙《だま》せる）

「へぇ、ちょっとは剣術を齧《かじ》ってるみたいね」

（この女は、俺の剣を見ようとしない。余程自信があるのか、相手の力量を見抜こうという姿勢が一切無い。子供でも相手にしているつもりなのだろう。殺し合いの経験は無いな。まあ、高校生なら当然か……）

実戦を経験してきた者は、一つの動作で多くの情報を無意識に得ようとする。これは剣術に限らない。銃でも射手の力量を瞬時に見切れなければ対応を誤り、ベテラン兵士だろうが一発で死ぬ。よく映画や漫画で相手の銃を掴んで防ぐ描写があるが、相手の力量を無視しているので危険極まりない。実際は、手を伸ばして届く距離で銃を抜く時点で素人《しろうと》が九割、プロは一割ぐらいだが、一割のプロを見抜けなければ死ぬだけだ。この女は銃を楽に掴めるが、一割のプロを見抜けない。そんなちぐはぐさを感じる。

裏道場では手加減されていたとはいえ、何度も斬られた。師匠がほんの少し力を入れていれば首は切断され、手足が斬り飛ばされるような斬撃を二十年以上受けてきた。戦場にも何度も行った。近距離での撃ち合いも数えきれない。前世の肉体には摘出してない銃弾がいくつもあった。

この女にはそんな経験が圧倒的に足りない。急に手にした強力な力で慢心してるのは桐生と同じということか。一撃で死ぬという経験が無いから、頭では分かっていても身体が知らない。

（そこを突かせてもらおう）

レイと白石は激しく剣を打ち合いながら、互いの隙を窺《うかが》い、崩す攻防を続ける。後方にいる佐藤優子を含め、城壁の兵士達もその様子に魅入っている。白石が余裕で打ち込み、レイがその剣をあえてギリギリに受けてみせてることに気づいている者は一人もいなかった。

（確かに速さも力も技も、文句無しのいい剣だ。……だがそれだけだな）

——新宮流真伝『幻影』——

レイの動きが突如変化する。身体がユラユラと揺れ、剣速が不規則になる。スローモーションのような身体の動きに反した剣速の不規則性に、白石の視覚が狂う。

「くっ！　なにこいつ、急に……」

次第にタイミングがズレ、レイの剣に一手遅れ出す白石。能力の恩恵と身体強化で強引に剣を合わせて防ぐ。

——新宮流『蛇突』——

しなるように伸びた腕から繰り出された刺突になんとか反応した白石だが、その後の剣自体も蛇のように動き、白石の頬を切った。

「響っ！」

佐藤優子が思わず声を上げる。

その声に合わせるように、レイが剣の間合いで魔法を放った。


——『水流』——

レイと白石の間に大量の水が発生し、白石の動きが止まる。雷属性で一気に決めないのは距離が近過ぎる為だ。お互いが剣を持ち、打ち合う距離では自分にも雷撃が及んでしまう。レイは一呼吸分の間合いを空け、再び魔法を放つ。

——『氷結』——


水に濡《ぬ》れた白石と周囲の水が一瞬で凍結する。

「はぁっ！」

白石は上段から剣を振り下ろし、自身に纏《まと》わりついた氷を霧散させる。凄まじい剣気だ。

――『火炎』――

「くっ……はっ！」

立て続けにレイから発せられた激しい炎。しかしそれも同じく剣で両断される。魔法で生み出した氷や炎を剣の一振りで薙《な》いだ力は驚異の一言だが、所々に凍傷と火傷《やけど》の痕が残っており、無傷で済んではいない。

一瞬で凍る程の冷気から高熱の炎にさらされ、白石の肉体は一時的に感覚が麻痺《まひ》していた。

「無駄よっ！」

一瞬で間合いを詰め、剣を振るう白石。魔法放出後の硬直を装い、慌てるようにレイは剣を振るう。ニヤリとした白石が剣速を上げレイに剣を振り下ろす。

これまでの攻防で、アドレナリンが脳内に分泌され、自身の身体の状態に気づけない白石。白石の動きは最初に打ち合いをした時より数段遅い。逆にレイは実力の全てを見せていない。

――新宮流『朧《おぼろ》』――

後に出したレイの剣が白石の剣をすり抜ける。盛大に空振りをさせられた白石にレイの剣が届く。

「響ぃぃぃ――――！！！」

白石の身体から鮮血が舞い、佐藤が叫ぶ。

（ちっ、浅い！）

袈裟《けさ》気味に胴を薙いだレイの剣だったが、白石は瞬時に身体を捻《ひね》り、大きく胴を切り裂かれたものの、傷は浅く致命傷には至っていなかった。白石は必死な形相で西洋刀を投げ捨て、『聖刀』を腰に出現させた。

レイは『聖刀』を見た瞬間、全身に鳥肌が立った。瞬時にその特性を本能で察し、意識が切り替わる。聖剣とは異なる『斬る』ことに特化した刀。


あれはヤバイ。


片手剣を正眼に構え、レイの顔から表情が消えた。

白石は自分が斬られてようやく本気になったが、レイの術中に嵌《はま》り、感覚を狂わされ、傷つき、冷静ではない。

白石は居合の構えを取り、素早く柄《つか》に手を掛け抜刀する。

それと同時に無表情のレイが呟いていた。

『我　新宮背負イシ死人ナリ　死シテ　ソノ名ヲ轟《とどろ》カサン』

その言葉に驚き目を見開いた白石。

レイは袈裟斬りに剣を振る。

白石の居合一閃《いっせん》。

白石の抜いた剣は本来の剣速ではなかったが、白石には十分だった。『聖刀』は最強、斬れぬもののなし。剣で受けようが、魔法を撃とうがこのまま剣ごと両断するつもりだった。


――新宮流極伝『薙《ナギ》』――


レイは白石の『聖刀』に対し、自身の剣から右手を離して同時に差し出した。自身の腕で『聖刀』をいなしたのだ。『聖刀』の威力でレイの右腕は千切れ飛ぶ。それでも白石の斬撃は十分殺せた。

左手で握ったレイの剣が白石の首に迫る。

「うわあああああああああああ」

佐藤優子の叫びと同時に、レイの振り下ろされた剣に光の矢が刺さり、剣が砕けた。半身になった剣をなおも離さずレイは振り抜く。

レイの剣は、慌てて上体を起こした白石の両目を斬り裂くも、首を両断するには至らなかった。

（くそっ……届かなかった……それより拙《まず》い。『弓聖』が来る。あのタイミングで攻撃されるとは

……剣聖に集中し過ぎた）

――『雷……

白石の脇の隙間から光る矢が浮き上がるような曲線を描き、レイの腹部に突き刺さる。瞬時に身体を捻り、貫通はしなかったものの、威力は殺せず腹部が大きくえぐられた。放とうとした『雷撃』の魔力が霧散し、レイの口から血が溢れ出す。

ガハッ

「響ぃぃぃぃ！！！　うわぁあああああ！！！」

錯乱して、崩れ落ちる白石の背後から光の矢を無数に放つ佐藤優子。先程までの余裕の表情が一変していた。

至近距離で放たれた無数の矢に、避けられないと瞬時に判断したレイは『歪空間』を展開し、光の矢を消す。一気に減った魔力にレイの視界が一瞬霞《かす》む。魔力の余力がこれで殆ど無くなった。

「は？」

何故、矢が消えたか分からないといった表情の佐藤優子。だが、逆にそれで我に返り、間髪入れずに上空に矢を打ち上げる。上空で一本の矢が無数に枝分かれし、レイの頭上から広範囲に高速で降りかかった。

(くっ！)

回避不能と判断したレイは、魔力を振り絞るように『歪空間』を再度展開して矢を防ぐ。しかし、上空の矢に気を取られたその間に佐藤優子は白石を抱え、その場を離脱していた。

(ガキの癖になんて状況判断だ。退《ひ》いてくれて助かったが……拙い、魔力がもう……回復……止血……しなけれ……ば……)

魔力を使い果たし、腹部と右腕からの大量の出血により地面に血の海を作ったレイは、その場に崩れ落ちた。

◆

「一体何してやがんだ……」

南星也は、事の成り行きを遠目で見ていたが、詳しい状況までは見えなかった。いつものように白石が軽く相手を瞬殺して戻ってくるとばかり思っていたが、大量の水や炎が上がっている。魔法を使われて長引いているようだ。

「一人相手に何やってんだよ。遊んでん——」

突然、南の視界が空に向いた。

「へ？」

南星也は、音も無く胴体を両断され、上半身が仰向《あおむ》けに倒れていた。

「ごふっ　な、なに……が？」

「勇者は全員殺すと決めたの。私の為にも……彼の為にも」

「は？　え？」

――『雷撃《ライトニング》』――

◆

響ちゃん響ちゃん響ちゃん響ちゃん響ちゃん響ちゃん……

佐藤優子は白石響を抱え、後方の馬車に全速で走った。自分の放った矢がどうなったか確かめることもせず、白石の容態のことで頭が一杯だった。

意識を失っている白石を見る。腹部の切り傷は深くはないものの、大きく斬られていて出血は続いている。それより両目のダメージの方が深刻だ。失明は免れないかもしれない。

(急いで回復術師《あの子》に見せないと……)

前から誰か来る。金髪に長い耳、エルフの女が必死な表情で走ってきた。

すれ違う両者。

一瞬二人の視線が合うが、お互いに構っている時間は無いと気にも留めなかった。

佐藤が馬車に辿《たど》り着《つ》くと、南星也が上半身と下半身に分断され、黒焦げで息絶えていた。佐藤はそれを無視して馬車の荷物を漁《あさ》る。回復薬《ポーション》を持てるだけ持ち、一本は白石の腹部に振りかけ、もう一本は両目に掛ける。そのまま馬車後方まで白石を抱えて走り、待機させていた飛竜に飛び乗ってその場を急いで離脱した。

「……許さない」

◆

リディーナは、南星也に『雷撃』で止《とど》めを刺した後、遠目からレイの様子を見ていた。エルフの種族特性に加え、生まれつき同族よりも視力は良く、集中すれば離れた距離からでもレイが戦っている姿がはっきり見える。

自分との訓練では、まったく本気を出していないことが分かる程、レイの剣は凄《すご》かった。自分が教わった『霞』や『朧』を温存した巧みな戦い方。知らない技の数々。それを実戦で駆使するレイの凄さに目を奪われる。それに加えてあんな超至近距離で流れるように魔法を放ち、制御している姿に魅入っていた。

だが、レイが自分の腕を差し出し、その腕が千切れ飛んだ光景に凍り付く。

気づいた時にはリディーナは走っていた。

別の女が放った無数の光の矢がレイを襲う。

「卑怯《ひきょう》な……」

横からレイに攻撃した女に殺意が湧いた。

白石響を抱え、離脱した佐藤優子とすれ違う。

一瞬目が合い佐藤を睨《にら》むが、今は相手をしている暇はない。

(顔は覚えたわ)

今は、大量の血を流し、崩れ落ちたレイのことしか考えられなかった。

◆

一部始終を見ていた城壁の上の者達は、あまりの光景に誰も声を発することができずにいた。

不死者の群れは、何故かその場で立ったまま動かない。

教会の神官達は、レイに向かって膝をつき、祈る仕草をしている。

冒険者ギルドのギルドマスター、マリガンは自分の見た光景が信じられなかった。

たった一人の男が、万の不死者を聖魔法で葬り、凄まじい剣技と様々な魔法で謎の女剣士を倒した。割って入った別の女も見たことも無い魔法を使った。全員驚異的な戦闘力だ。この場で見ていた冒険者や衛兵達には、あの攻防の内容を理解できている者は殆どいないだろう。ギルドマスターのマリガンでさえ、半分も理解できていない。

血の池に倒れた男に、同じ外套《がいとう》を纏った金髪の女が駆け寄る。

リディーナの登場で我に帰ったマリガンは、急いで指示を飛ばした。

「回復薬をありったけ持ってくるんだ！　回復魔法が使える者は私に続け！」

しかし、動きが止まっているとはいえ、腐乱死体の群れはまだまだ城門付近に大量にいて近づけない。

「くそっ！」

◆

「お願い、死なないで……」

リディーナは意識の無いレイを抱きかかえ、魔法の鞄から回復薬をありったけ取り出す。レイの右腕と腹部にそれぞれ振りかけ、一本は口に含んで口移しでレイに飲ませる。

ゴホッ　ゴホッ

液体が気管に入り、上手く薬が入っていかない。しかし、回復薬は体内に入ればどこでも効果がある。リディーナは構わず回復薬をレイに飲ませた。

「血が止まらないっ！　どうしてっ？」

回復薬を何本も空け、レイの傷に浴びせるように振りかける。何度も口移しで飲ませ、手持ちの回復薬が無くなる。出血の勢いが多少は収まったが、まだじわりと血が滲《にじ》んでくる。

――『毒でも構わん。どうせ効かない』――

以前聞いたレイの言葉が頭を過《よぎ》る。

――『魔力回復薬、無いよりマシだと思ってな』――

「毒が効かない……まさか薬も殆ど効かないんじゃ……？」

リディーナの血の気が一気に引く。しかしすぐに思い直す。レイは自分の腕を回復魔法で治癒した。回復魔法ならレイにも効くはずだ。

失血によって体温が低下し、冷たいレイの身体を抱きしめ立ち上がるリディーナ。視界に入った千切れたレイの右腕を無意識に拾い、魔法の鞄に仕舞《しま》う。

街の城門へと走り出したリディーナの前に、不死者の群れが立ち塞がる。

「邪魔ッ！」

咄嗟《とっさ》にエルフ語で魔法の詠唱を始めるリディーナ。

『風の精霊《シル》　水の精霊《ア》　雷の精霊《ヴォー》　我に集え《アセ》　全てを飲み込み《ル・スー》　その力《パ》を以て　我が道を拓け《オー》』


――『暴嵐《テンペスト》』――


リディーナの激しい感情に呼応するように周囲の精霊が鳴動する。

強風が広範囲に吹き荒れ、巨大な竜巻が形成される。不死者が次々と巻き上げられ、空中で風の刃に斬り刻まれる。暴風の中をいくつも紫電が走り、細切れになった不死者をさらに塵にする。竜巻から発生した雷雲により落雷がいくつも地上に落ち、周囲の不死者を直撃し爆散させた。

激しい暴風と雷鳴が轟く中、紫電を纏ったリディーナが悠然と歩いていく。

城門の前に着いた頃には嵐は収まり、周囲の不死者は更に半数にまで減っていた。

「門を開けて」

城壁にいた者達は、落雷の音と光、不死者がバラバラになり爆散していく光景に恐れ、腰を抜かし、蹲《うずくま》る。中には気を失った者や、失禁した者までいた。

「城門を開けろっ！　急げっ！」

腰を抜かしていた衛兵達を押し退《の》け、マリガンが慌てて指示を出す。

城門が開き、数人の男達がリディーナの前に出てきた。

「冒険者ギルドのギルドマスター、マリガンだ」

両手を上げて、敵意が無いことをリディーナに示すマリガン。マリガンについてきた聖職者らしき他の者も慌てて両手を上げる。

「B等級冒険者のリディーナよ。回復術師を大至急でお願い」

エピローグ

首都マネーベル、議事堂会議室。

「それではマリガン君、報告を頼む」

ギルドマスターのマリガンは議事堂に呼び出され、議員達に事態の説明を行っていた。本来であれば、街を守る衛兵の責任者が報告すべきだが、当事者の二人が冒険者だったということでマリガンが説明することとなった。

あの日から一週間が経《た》っている。城壁の外にいる不死者達はまだ多くの数が残っていたものの、殆《ほとん》ど棒立ちで動きが無いので低等級の冒険者でも簡単に処理できていた。掃討は時間の問題だろう。魔導列車の運行は一部の路線は再開され、街の混乱は収まりつつあった。

不死者の発生原因は不明。しかし、不死者の中に竜人族が多くいたことから、竜王国で何かしらの事が起こった可能性が高かった。二人の黒髪の女も正体は不明。分かっているのは凄《すさ》まじい戦闘力を持っていたということぐらいだ。もう一人、関係者らしき人間が真っ二つにされた黒焦げの死体で発見された。放置されていた馬車には所有者を示す紋章や刻印は一切無く、身元が分かる物も見つかっていない。

万を超える不死者の群れを討伐し、街を救った二人の冒険者はマリガンの独断で街の最高級宿へ滞在してもらっている。幸いあの場にいた神官達が総出で回復魔法を掛けてなんとか青年の一命は取り留められた。リディーナと名乗ったエルフの冒険者からはすぐにでも事情を聴きたかったが、青年が回復するまでは邪魔するなと拒否された。

あの力を見たのだ、彼女の言うとおりにするしかない。

「……以上です。簡単な報告ですが、まだ青年の回復を確認できておりませんので、詳しいことはまた後日ということになります」

「八割以上を討伐したはいいが、詳細が何も分からないとは説明になってないぞ、マリガン君！」

「そのリディーナと名乗ったエルフの冒険者は？　その女からは何故《なぜ》何も聞いていない？」

「青年が回復するまで邪魔するなと言われましたので」

「そう言われて、はい分かりましたと帰ってきたのかね？　どうかしてるぞキミは」

「B等級といったな？　キミの権限でどうにでもできるだろう？　こちらは早急に事態を把握し対処せねばならんのだ。不死者の発生原因と街へ襲来した原因、謎の女剣士のことも何も分かっておらんのだぞ？　仮に竜王国が関与しているなら由々しき事態だ。早く事情を聞き出したまえ！」

現場を見ていない議員達から矢継ぎ早にマリガンを責める声が挙がる。

「議員方、冒険者ギルドはジルトロの機関ではありません。そこをお忘れにならないで下さい。それに、単独で万の不死者を屠《ほふ》れる冒険者が二人もいるんですよ？　権限でどうにでもできる？　できませんよ。確かにB等級でしたが、恐らく昇級試験を受けてないだけでしょう。現在、本部から二人の資料を取り寄せ中です、詳細はもう暫《しばら》くお待ち下さい」

「……その瀕死《ひんし》の重症だった青年、何故治療したのかね？　街を救ったかもしれないが、危険じゃないのか？」

「「「……」」」

発言した議員に全員の目が向く。「こいつは何を言っているんだ？」という者と「確かに、そんな危険な奴なら見殺しにすればよかったんだ」という者とに分かれた表情だ。後者は、その発想の危険性に気づいていない。

「当時の状況から、青年を見殺しにすればリディーナという冒険者がどういう行動に出るか予測不能でした。彼女はエルフです。この国の人間ではありません。自棄《やけ》になってあの魔法《アレ》が放たれたら街は壊滅ですよ？」

マリガンは元A等級冒険者だ。それにギルドマスターとして長年様々な冒険者を見てきた。そのマリガンの経験と勘が激しく警鐘を鳴らしている。あの二人と敵対してはならないと。ここの議員達はあの魔法を見ていない。個人の魔法や装備であの威力の魔法を防ぐことは不可能であり、止められる者などいないのだ。

「仮に議会権限で強引に事を進めるなら、私はこの街から家族を連れて逃げますよ。せっかく救われたのに無駄死にしたくはありませんので」

「「「……」」」

「それ程かね？　報告された戦闘の内容が信じられんのだがな」

「はい。間違いなくA等級以上、それが二人もです。この国の全てを以ても止められやしません。機嫌は損ねない方が宜《よろ》しいかと」

「……『S』の認定に値するというのか？」

「既にギルド本部にはそう報告してます」

中央に座っていた議長らしき初老の男が立ち上がる。

「その二人については冒険者ということで君に一任する。何か要望があれば取り計らう。街を救った英雄だ。こちらも丁重に対応したい。報告は密に頼むよマリガン君」

「依頼とあらば、承りましょう」

◆

魔導列車『ジルトロ共和国首都マネーベル行』車内。

窓際の席に座る小柄な青髪の女性は、視線を窓の外に向けていた。左目に眼帯を付け、右目の真紅の瞳には流れる景色が夕焼けのように映っている。女の容姿は整っており、美人と言って差し支えないが、どことなく少女のような幼さも見える。

一方、通路を挟んだ反対側の席では、上等な装備に身を包んだ六人の冒険者達が騒いでいた。

「おいおいおい、マネーベルまで一週間だぞ？　せめて二等だろ！」

三等客室の狭い席をいくつも占領し、喚《わめ》いている金髪の男。

「文句を言うな。今回の依頼は急ぎの案件と説明があった。単に席が取れなかっただけだろ」

大人しく席に座り、目を瞑《つぶ》っているローブ姿の男はそう言って男をなだめる。

「たかが、小荷物を届けるのに俺達『A等級』を使うんだ。さぞ重要なモノなんだろうと思ってたが、三等客室だぞ？　舐《な》めんなっつーんだよ！」

「荷物とそれを運ぶギルドの若い職員が一人。大したモノではあるまい」

「なんでこんなしょぼい依頼を受けたのー？」

「指名依頼じゃなかったか？」

「マネーベルならついでに買い物したいかな～」

周囲にいる冒険者達が好き勝手に口を開き始めた。金髪の男の仲間らしく、それぞれ席をいくつも占有している。車内にいる他の乗客は冷ややかな目線を送るも、相手がA等級と知ってか、注意しようとする者は誰もいない。

「騒がしいですね」

青髪の女性は独り言のようにポツリと呟《つぶや》く。

暫くすると騒がしかった冒険者達が寝息を立て始め、やがて静かになった。冒険者達だけではない、車内にいる全ての人間が昼間にも拘《かかわ》らず眠りについていた。

「S等級認定者……危険なようなら排除せよとの命令ですが、さてどうでしょうか……」

冒険者ギルド本部職員、『鑑定人』イヴ。その呟きを聞く者は誰もいない。

MFブックス

ヴィーナスミッション　〜元《もと》殺《ころ》し屋《や》で傭《よう》兵《へい》の中《ちゅう》年《ねん》、勇《ゆう》者《しゃ》の暗《あん》殺《さつ》を依《い》頼《らい》され異《い》世《せ》界《かい》転《てん》生《せい》！〜 1

2024年4月25日　初版第一刷発行

著者　MIYABI
発行者　山下直久
発行　株式会社KADOKAWA
〒102-8177　東京都千代田区富士見2-13-3
0570-002-301（ナビダイヤル）
印刷・製本　株式会社広済堂ネクスト
ISBN 978-4-04-683548-2 C0093

担当編集　小島譲
ブックデザイン　AFTERGLOW
デザインフォーマット　AFTERGLOW
イラスト　ニシカワエイト

本書は、カクヨムに掲載された「ヴィーナスミッション　〜元殺し屋で傭兵の中年、勇者の暗殺を依頼され異世界転生！〜」を加筆修正したものです。

この作品はフィクションです。実在の人物・団体・事件・地名・名称等とは一切関係ありません。